U0599144

Dad's Marathon

爸爸的马拉松

中国好爸爸——柏剑

史壹可 著

作家出版社

China go

BAI JIAN

od father

爸爸的马拉松

中国好爸爸——柏剑

目录

第一章 快乐是怎么炼成的
每一个汉字都是我的故乡——根

第二章 大学知道"答案"
每一个汉字都是我的故乡——道

第七章　从信到信的接力 —— 写给梦想之家的梦想孩子

每一个汉字都是我的故乡——信

　　不是随便什么人都能够培养孩子感受幸福的能力，不是随便什么人就能够给予孩子一个自由自在的灵魂，即便吃糠咽菜也能活得心灵上尊贵无比。

　　柏剑，一名中学体育教师，一个人十八年间先后收养四十六个孩子，从柏剑家里走出了十八个大学生；柏剑培养出四个国际运动健将、五十多个国家一级运动员。他助养的孩子有的是孤儿，有的来自单亲家庭，有的是留守儿童、孤残儿童，尽管生活十分艰苦，但柏剑从没放弃过将孩子们培养成才的念头。柏剑乐观、阳光的心态无时无刻不在濡染着孩子们，他们在健康快乐成长的同时，也一个个开始收获自信和成功。

　　一个普通的中学体育教师，做出的却是不普通的选择：在他的身上我们能感受平凡中的伟大，他用真情感动了中国……柏剑奥运火炬手梦想的实现也点燃了孩子们心中的热忱和对未来的追索。

　　一分梦想，十分付出，万千担当。

　　一个奔跑在我们前面的人，胸怀大爱，托举着太阳之光，照亮我们的心路，还有什么比这更重要、更需要接力和传递！

　　这里没有虚构的故事，没有悬念，只有时间——一个老师将近二十年的生命时光，与孩子们在一起，他的白天、他的夜晚、他的冬天、他的春天、他的夏天、他的秋天，他的每时每刻，都与孩子们在一起，每一刻都意味着与生命时间在一起。

　　"我喜欢和孩子们在一起。"

　　柏剑老师说这句话的时候，不是面对镜头，而是面对四十多颗心灵——孩子们的眼里透露的渴求、真诚和孤单都被这弯腰俯下的老师拥抱。在家访中协调家长与孩子的相互认识，给每一个孩子争取上学的机会，解决孤儿的衣食住行，回答孩子们成长的问题，带领大家从阴影中出离，帮助发生争执的学生和解……所有的体育训练、书法课、自然探索、国学分享、阅读讨论、游戏时间都在柏剑老师启发每一个孩子的想象中完成。

　　如果小时候，我们的身边也有柏剑这样的老师或父亲，成长应该会更顺利些吧。

Dad's Marathon

爸爸的马拉松

中国好爸爸——柏剑

The **1** chapter

第一章
快乐是怎么炼成的

每一个汉字都是我的故乡

根

捍着橡皮给孩子们批作业的柏剑，又翻开一本铅笔书法帖子，把孩子们每一个写得不好的字擦掉，留下一个个干净的空白格子。四十多本作业摞在面前，被橡皮擦掉的字变成灰卷，橡皮变成半截，擦作业的柏剑说："仁"字怎么写？这可不是两个什么随便的部分，不是"人二"！是"二人"；不是一个人，是两个——人与人，你就得考虑怎么相处，怎么相爱，怎么互助。仁，就是人与人要真、要善、仁者无敌。这像什么？！不用刮风就东倒西歪，不堪一击。

每个字都被你们写残了，每一个字都是活生生的，有情绪，有个性，有力量，有前因后果，它有诗意、寓意、心意，你得和它一起呼吸，要玩咱就玩出点名堂来。

知道"玩"字怎么写吗？一个王字旁、右边一个二、一个儿。你看，

古人造字都是有讲究的，什么人能玩？王者，要有大王的气魄，天真稚气的小孩儿，还要具备"二的精神"，那才是大玩家。小打小闹浪费时间还影响学习，不好玩。

要玩，就玩个痛快。

从哪儿开始呀？从你的名字开始。知道咱们老柏家历史上出了多少大人物吗？我们的祖先曾经拥有什么样的天下……每天我们琢磨一个字，我们看到的任何事物后面都有宝藏，挖宝游戏，好玩得很。

我就喜欢琢磨，每一个字都有它自己的形体容貌、气质，有它的构成、它的能量；每个字，都有自己与众不同的故事。你看看，这个"根"写得，都飞天上了，这还能扎到地上吗？

有根，才能接地气。

01 | 很拉风的"姓"

和大雪一起从天而降的，还有新转学来的吴同学，我其实对他老爸很感冒，他老爸给他起的名字竟然叫——吴空，又无又空？还是悟空？

吴同学站在讲台上尴尬了一会儿，他突然问：

你们知道世界上什么最大吗？

当然是天空啦。

大地应该和天空一样大吧。我很自信地抢答。

为什么天空看上去比大地还大？

是啊，为什么？

因为——空！

吴同学很得意地站在讲台上自我介绍，说他的名字很有来头的，无就是有，空就是不空。

我们被他说糊涂了！他老爸是个哲学家，创作孙悟空《西游记》的那个吴承恩是他家的祖先，还有清代写《儒林外史》小说的吴敬梓，还有唐朝的"画圣"吴道子，还有……

吴同学的脑袋一点都不空哎，连他的祖先的祖先都知道……

我们都有祖先，可是我就不太清楚。

回家翻翻你们的家谱，就知道自己是谁啦。老师说祖先都给我们准备了一份礼物，只是很多人都忘记领取了。

赵钱孙李，周吴郑王，冯陈褚卫，蒋沈韩杨，朱秦尤许，何吕施张，孔曹严华，金魏陶姜，戚谢邹喻，柏水窦章…… 在《百家姓》里面，哈，我们姓"柏"的还在前一百强，第三十七位，可是，除了这个，还有什么好炫的呢？

盼望着下课，盼望着放学，盼望着回家，晒晒我们家的家谱，访问一下祖先。

为每一个字请命

爷爷说：我们姓柏，柏树的柏，有根族。每一个汉字，都是古圣人先贤"仰观象于天，俯观法于地，观鸟兽之文与地之宜，近取诸身，远取诸物。以通神明之德，以类万物之情"，每一个字都有自己神圣的使命，每一个字都是一颗舍利子，我们如果不好好地认识它，我们怎么能开窍。

其实，我小的时候，学会写的第一个字就是"柏"字，为了写得直，我用格尺比着写，老叔用笔压住我的手指：你这样永远写不好字，拉不开大栓。

没有把字写好，就是一个错。

过年老叔给全村人家写对联的时候，爷爷就在旁边盯着，唠叨：这个字除了要有形，更要有神。心有迹、墨有痕，情之喜怒哀乐，各有分数，喜则气和而字舒；怒则气粗而字险；哀则气郁而字敛；乐则气平而字丽。情有轻重则字之敛舒险丽，亦有深浅……

爷爷有时完全像个古人，讲的话我基本上听不明白。爷爷小时候读私塾，爸爸和老叔都被爷爷影响得"稀里糊涂"，他们都还写繁体字，到现在我才真正理解了爷爷的学问。

爷爷是1942年参军的，为革命工作"失踪"了很多年，后来在天津飞鸽自行车厂做党委书记。

爷爷就是一个落叶归根的人，他退休以后，回到我们老家赵屯。爷爷常举着根树枝，在沙土上写：万物芸芸，各归其根。归根曰静，静曰复命。

他说根是万物生命的来源，回归根才是静，能静才回归生命。人们常常忘记了静，拼命消耗自己，拼命消耗能源。其实我们伤害这个世界，是从伤害一个个字开始的。

爷爷在老家的那段日子里，他除了写字，就喜欢看山看水，不是顺着河边溜达到山里，就是从山里沿着河套溜达回家。很多村里的人都奇怪他老人家为什么不在天津那个大城市好好待着，山沟里会有什么"西洋景"。

爷爷说风东一头西一头地刮，这山就是硬实，草在长，石头在长，山也在长，山跟山不一样。爷爷像个守山人，日日在山上转悠，查看火星，星星之火都不能忽视，他说那可了不得，这山得看着点，人不放火它还有自燃的可能，就怕万一。从山下到山上，他说有责任在肩头，他得行动起来。

爷爷说：你知道我为什么喜欢山喜欢水吗？

是因为我们靠山吃山靠水吃水吗？

爷爷说：你看我们的山，草木鸟兽，有花有果，要风有风，要雨有雨，山上生长了一切供我们享用，却没有一点私心杂念，我们人应当反思，为了得到报酬而做事，与从本心出发去做事是不一样的；河流为什么都是弯弯曲曲呢？有低洼的地方就向低洼的地方流，到该拐弯的地方就拐弯，按照自己的本性去做，走弯路是自然界的一种常态，不要总想着走捷径。

爷爷看山不是山，看水不是水，这让我的好奇心迅速膨胀，成天跟在爷爷后面追问，完全是爷爷的超级粉丝。

爷爷讲述的故事中最古老的就是柏氏始祖的传说，远古时三皇之首的伏羲手下有个大臣，名芝，以柏木为图腾，人称柏芝。他协助伏羲治理天下立了诸多功劳，后来当上东方部落的首领，历史上被称为柏皇氏。

有一次，孟津河中突然出现了一只怪兽，龙首而蛇身，遍身长满龙鳞，高八尺五寸，形状像鱼又像驼，左右各生一个肉翅，在波涛中游来游去。伏羲闻讯，赶到孟津河边。那怪兽看见伏羲后，更是精神抖擞，背上的龙鳞闪闪发起光来，似乎组成一种图案。伏羲似有所动，知是神灵指点，就在伏羲排香案顶礼膜拜时，柏皇氏捡起一块烧过的木炭，迅速把怪兽身上的图案画在一块大石上。等祭拜完毕，那怪兽即沉入水中不见啦，就在伏羲后悔遗憾之际，柏皇氏把图案抄在木板上献给伏羲。伏羲带回去后日夜钻研，终于画成对后世产生极大影响的天下第一图：太极八卦图。

由于柏皇氏聪明睿智，所以一直到周朝，他的后代都为帝王师，如颛顼帝的老师为柏夷亮父，帝喾的老师为柏招；黄帝的地官是柏常，佐禹治水的是柏翳……柏氏子孙，后世也是人才辈出。

太极八卦图，我小的时候就见过，爷爷有一张，他常对着那张图走神。

我也很想看懂，我也很想成为掐指一算就知天下事的人。爷爷说，德行圆满的人，就能通天通地。

爷爷临终前感慨：这辈子，我没做过问心有愧的事儿。

爷爷是晚年回老家的，送葬的队伍排好几里；爷爷德高望重，他是兜里有三块钱也要掏出去助人的人。

浇水要浇根，每次我给花草树木浇水，都会想起爷爷说的话。

跑大风

山里边跳跃的精灵除了松鼠，就是我了。

麻雀，都有夜盲症；野兔子，喜欢走重复的路，我了解它们的习性。马，家里养的马见我就摇尾巴，躲，趁马一不留神，拽根马尾巴毛就跑，我拿马尾巴毛套家雀，一绝。

一到三月三，我们就开始追着风跑，放风筝。风筝都是自己做的，自己打糨糊，用一个小破盒子，放点面，放点水，在柴火上烤熟，黏糊糊的，在牛皮纸上照葫芦画瓢，或者拆一个旧牛皮纸信封，上面有邮票有地址，风筝飞到天上时，就好像写给飞鸟的一封信。那时也没有太长的线，比谁跑得更快，跑得越快，飞得越高，一大群孩子们，会跟着风筝，一直跑，一直跑。有时线断了，风筝忽悠一下，就不见影踪；有时跟着跑半天，能捡回来；有时在三五天之后，竟然在路边坟地的树枝上飘摇，通常只有我敢去摘，恰好是那个有地址有邮票的信封做的风筝，没有人再愿意放飞，我就把风筝挂到更高的树枝上，要是信都是这么飞着就到达目的地，多好，邮递员可以在送信的路上放放风筝。

山上的乐趣，你不滚在山坡上，是体味不到的。

我认识山里的中草药，我小时候的学费都是从草里来的，母亲和姐姐去采草药，也会带上我，母亲认识的草药多，像柴胡、知母、婆婆丁、苦丁子……我逮蝎子，药店收，五毛钱一个呢。山上野果子更多，野酸枣、紫悠悠、羊奶子、葫芦瓢、桑葚子，逮着什么就吃什么；野菜，满山遍野都是苦苦菜、苏子叶、刺嫩芽、荠菜、仁青菜、灰灰菜、车轮菜、槐树花、杨树叶、榆钱儿……

下雨天，蘑菇一圈一圈地冒出来，柳树上还长木耳。那山，就是我的百科全书。玩得都忘了回家，把大自然当成家了。

小时候妈妈姐姐们洗衣服都晾在大草地上，被大太阳晒着，花粉会飘过来，衣服上会有野花的香味。楼房里的衣服都是阴干的，很不舒服。

小孩光屁股就可以下河洗澡，野浴通常是淹不死人的，河水清澈，我曾经训练过猪，还骑猪过河。现在的河套沙子被滥采，垃圾淤在其中，水下环境被破坏得太复杂了，落水后就很危险。

我曾经在山里发现了一个大野洞，手电筒也没有，小伙伴们都不敢进，走二三十米就跑掉了。初中毕业时，五个班的同学，好几百人，被我忽悠去，每人我给发一蜡烛，点燃后，游龙一样，很壮观。我带着标枪、绳子，大家都跟在我后面，在大山洞里一直探到四五百米深，石头壁上有石刻的佛像，有人居留过的痕迹。上大学后，听说那儿被开发成旅游景地。

大学刚毕业时，我还带学生们去鞍山的南山防空洞探险，捡到一把战刀，抗战时留下的吧，锈迹斑斑的。

能跑能跳，小时候真是无忧无虑。排行最小，家里人都宠着我，我爷爷有点偏向我。六岁后，我就能自己坐火车去天津啦，一放假我就向天津爷爷那儿跑，一天一块钱的零花钱多奢侈一件事啊，那时候我们吃一毛钱二两粮票的面包在农村来说还挺费劲的，我爷爷能舍得给我一块钱出去玩去。一块钱能买很多东西，买个电影票才几分钱，吃顿饭一两毛钱，一块钱闯荡天津卫，什么狗不理、大麻花、栗子羹都不在话下，爷爷除了下象棋不让着我，其他的都让着我，我放鞭炮震碎玻璃，他也就说"碎碎平安"，我是爷爷的开心果，在天津跑得更欢实。

02 | 别人家的事儿都是我家的事儿

我到谁家都不把自己当外人，看人家院子脏了，抢起扫帚就扫一扫，有时在路上捡个树枝，拖拉着送到同学家：婶儿，我给您送柴火来啦。

我高来高去，跳大墙、上房，飞檐走壁，谁家上不去房，我上。老奶奶喜欢晒地瓜干，她又不能上梯子，我敢——帮人家上房上树那是常事；往大树上挂玉米串、老辣椒串、大蒜编成的辫子，到处挂得七七八八的，南瓜到处轱辘……只有在乡下，你才能感觉得到"丰富"的意思，我也会在地瓜干晒干的时候，飞檐走壁去吃一点；下雨天，谁家屋漏，我就拿雨布盖一下，压块砖头。

村头有个大笨钟，村长一敲钟，大家都到地里干活去。碰到雷阵雨天，有晒被子的，赶不及回来收拾，我就直接翻墙进院，帮着把被子从窗户扔进屋炕上。

秋收过后，我们小孩还可以扛着铁锹在所有的土地里翻地瓜，翻花生，别人翻过了，再去翻一遍地。其实每户人家都在秋收时收拾得很干净，遗漏在土里的花生和地瓜都很少。孩子们有办法，挖耗子洞，掏出田鼠们为冬天储备大量的粮食：黄豆、玉米、花生、土豆……像开茶话会一样，什么都有。

全村的土地，都会在入冬前，被我们细细地翻一遍。泥土被太阳晒熟，当来年种子撒下去时，会多一分温暖。

一个村子，最活跃的就是孩子，谁家的孩子都是我的兵。

一分钱？一分钱能买三块糖，三块水果糖。一分钱还能买糖稀，搅半天，一分钱二分钱都可以买不少东西呢。手下一批人听我的，就是一块糖，也一起分着尝。

现在我回老家去，都这么大了，大家还叫我小名"柏二"。他们不少都比我大，我说是我的兵跟我走。我在我们村辈小，我可以率领我叔我小爷跟我玩去，有事没事带我小爷去爬树，下不来，他老爸也满山追我。

那时无忧无虑，每个季节都有新的游戏，冬天下雪后，带狗追兔子，把兔子累得一头扎雪堆里不动，用草塞子扣鸟；春天打杂，用枣木、梨木、槐木疙瘩自己刻；夏天捏泥人，用冰棒的棍编宝塔；秋天弹玻璃球、打宝、砸杏核、打瓦，那"瓦"，其实就是像瓦一样的石头……孩子与孩子之间的关系很单纯，相互信赖，不撒谎，说话算话，谁也不想变成小狗。

谁家的事儿都是我家的事儿，饿了到谁家都能吃上热乎的，渴了到谁家都有井拔凉可劲造。快乐童年，积蓄着大量快乐的能量，需要与更多的孩子分享。

老爸有办法

民办教师，你知道吗？农村里一直有一种特殊身份的人，我父亲也曾经是那个队伍里的一员，老人家曾经教过初中物理，瞄上什么就琢磨什么，什么都能拆了重新装备，还老给我们做"实验"，用土豆子发电了，让硫酸在地上冒烟儿什么的。我爸更牛的是他一旦蹲地上瞅个没完没了，那就要出大事了，他瞅的那块地下面一定有水，能打"笨"井，就是过去村子里用辘轳打水的井，四邻八村的都来找我爸去打井。

那时候我还小，我很好奇，总跟着我爸四邻八村地逛荡，明明是同样的干地，我爸爸他就能看出下面有水；我很奇怪，也偷偷地一个人趴在地上一个劲儿地看过，也皱着眉，也咬着牙，怎么也挖不出什么来，除了碎石头砂砾子。

"笨"井容易出危险，我爸又琢磨出新招儿，"洋"井，让井直接就冒出到每个人家院子里。说打就打，从我们家开始，从我们村开始，压水井又开始在四邻八村打响了。打井是技术活儿，不是随便什么人都能打出水来。我爸收了一帮徒弟，师傅带着徒弟，走到哪儿都有笑脸相迎，谁见了都往家里请。

不收钱，我爸给谁打井都不收钱。在村里，帮谁家干活，垒个墙垫个院子，招呼一声就成，根本不是钱的事儿，钱买不到的东西多了。

每家每户院子里都有井了，我爸就又改行了，修理自行车，在轻工市场出现了第一个修自行车的人，还兼营自家缝制的皮革自行车坐垫。坐垫都是我姐姐们缝制的，看着好玩，我也掺和着踩缝纫机，针线活现在我都会，现在给孩子们缝衣服扣子，针码整齐着呢。

自行车，那就是翅膀，那时兴赶大集，我爸开始骑自行车每天走不同的村镇赶集，每天天不亮就出发，大黑天才回来。我能够有面包吃，那都是老爸起早贪黑辛苦换来的。

我哥哥继承了父亲的手艺，还在老家修自行车，因为忠厚，口碑好，哥哥的活儿总忙不完，大家都排队等，哥哥也收了很多徒弟。

我上中学时住校，学校离家很远。我爸每次去学校看我都能引起轰动，他给我买的时尚夹克和翻毛靴子在当时那简直就是酷，可他自己却不舍得买一张汽车全程票，来时骑一半路程的自行车，然后再倒汽车，回去又是坐半程汽车，然后再骑自行车回家。

别看老爸不太爱说话，行动很前卫。20世纪八十年代，我家是村里第一个买录音机的，用磁带录自己的声音，从大匣子里冒出自己的声音，谁听了都会吓一大跳，村里人都会来看热闹，听曲儿，流行歌曲更热闹。随后我家又买了电视机，黑白的，十七英寸的。

露天电视。

露天电影那是乡村里的狂欢，那可是不常看到的；露天电视，只有老爸能办到。每天晚饭后，村里的人都带着小板凳来看电视，最好的位置得留给老太奶、太爷，他们年老眼神儿都不太好，这叫长幼有序；院子里、墙上、窗户上都坐满人，我家喂猪的泔水缸都被踩坏了。

那时电视频道少，广告也少只有两条，广告看着也高兴，就是电视常有"雪花"，还会滋滋乱响——小问题，我爸会焊接，他弄出一个接收天线，在院里立了个大天线杆子，一转动杆子就会收到更多电视频道节目。

我家的大门是敞开的。

冬天冷了，点上大火桶，有的人来看电视，还顺搭带来柴火，篝火晚会一样。我们家院子里整天热热闹闹的，不管什么心情的人一进我们家大院，劳累、烦心都会烟消云散。

到我们家来的最幸福的客人就是要饭的，他们在别处遭人冷眼、责骂、驱赶；要到我们家，我父母都会请人家好好吃上一顿，天晚了还可以留宿。

老爸为人实在，脾气好，他从不发愁，因为他总能找到办法解决问题：谁家的灯坏了，他去接上电；谁家的钟表坏了，他去修理，钟摆照常；谁家的大铁锅漏了，他给焊好；谁家需要个门，他连图案都给焊接上。他是十里八村的电工，还经常搞个小发明，看到我妈搓玉米累，就发明个手摇玉米脱粒机。在我们锦州地区技能大赛中，我爸还是编车条纪录保持者呢。

我就是跟我爸学会接电的，过年时，我用荆条编了个大灯笼，接上电，全村最亮的大门，敞开着。

我的赵屯

我很小的时候，家里很困难，因为邻居拆房，我们共享的那面墙壁被拆坏。大冬天，风呼呼地刮进屋，我用自己的小破棉袄堵人家墙上的窟窿，雪花不再飘进来。

村里人感叹：哎呀我的天呀，破鞋露脚尖啊，老师要书费，还得等几天啊。

我印象太深了。

今年人年初二，我带着好几十个孩子呼呼啦啦回屯里给老人拜年，我的村庄一下子就开锅了，说柏二那个另类回来了，大学生还磕头拜年，还带着他的"超生游击队"。那是，我是好几十个孩子的"老爸"，我不带孩子回来，谁回来，我得让我的这些孩子们认识我们的村庄，我们的土地，我们的故乡，我们的根源。

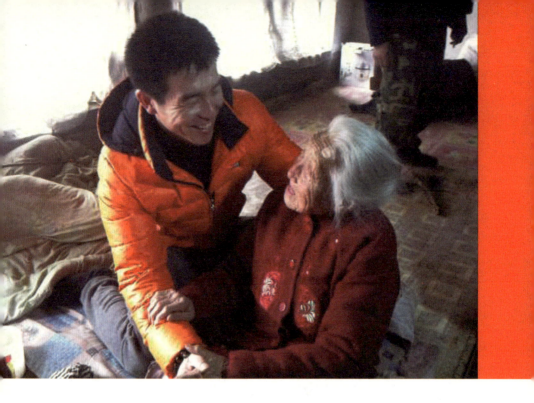

我是我们赵屯的第一个大学生，我是吃百家饭长大的，屯里所有的人都是我的亲人，我带着孩子们去给所有的老人拜年，给他们换新衣服——红色的毛衣，九十五岁的老太奶穿上倍儿精神，家徒四壁的老大爷捧着衣服说不出话。

03 | 快乐原子核

　　我最淘气，也总挨揍，我跑得快，打不着我。与小伙伴打架，咱家那是不允许的，我爸一打我，我就跑。老爸拎着笤帚在山里绕圈追我，追不上，我会停下等他一会儿；再追，我再跑，等老爸消气再哄他高兴。

　　小时候村里有自行车的人家不多，我常把老爸的"钻石"牌（德国制造）旧自行车偷摸推出去显摆。个子不够高，我们小孩都掏裆骑，后面还带一个小不点儿，再后面一大帮小兵追随。大家轮流骑，车子被摔得稀里哗啦那是常有的事儿，幸亏我爸会修车。

　　下河游泳，不行，我爸妈管得紧，说什么都不让去那大河套。小孩哪管得住自己？！老爸有办法，看我们从大河套方向过来，拉过来，在胳膊上挠一下——出白道，就说明刚洗过澡，肯定要打一顿。

　　爸爸"打错"我的时候也有。小学五年级时的那个夏天，发大水，屯子里的小男孩在河边玩水，落大河套里，他的哑巴妈妈比画着啊啊叫，我是本能，扑棱进水，把那小孩拽出河，连喝了好几口水。我是"司令"嘛，该出手时就得出手。

挨打，没躲过，老爸后来知道"打错了"——我是在上学路上发现的，书包里悄悄多了一个白面包，老爸放进去的呗。

保证书，我写过。

犯了一个特别的错误。

我六岁上小学的，那时候还吃奶，一有空就往家跑。我班主任老师骑自行车在后面追，发现我的秘密后，在全校开会时点名批评，那么大了还回家吃呀。我自尊心很受伤，让我这个"总司令"在小伙伴面前好长时间不能骄傲。

我的保证书上第一句就是：我保证，再也不吃奶了。

我是柏家二小子，也是最小的，冬天看露天电影冷，一个哥哥和三个姐姐就会把我的冻脚焐在怀里，轮换着焐热。小时候，我也磨人，一哭起来，就使劲哭。大家都认定我是读书的料，不让我干活，好吃的好穿的都让给我：柏二不穿补丁衣服，老牛啦。

出了家门，在小伙伴们中间，我就是老大。我有办法让大家追着我跑：我把从老爸那儿看到的实验搬到小伙伴面前变魔术，把"坏水儿"（硫酸）滴到地上，腾的一下，冒气儿；把电笔放到插座里，让电笔的氖管发亮…… 每个小孩都会大睁着羡慕的眼睛，我再把老爸给买的面包变出来，把一个面包掰成很多丝儿，趁热"招兵买马"，我的"司令"生涯就是这么开始的。那时我们的武器装备也很酷，领大家玩得有枪，咔哧木头枪；用车链子做弓箭，还带鹅毛的，起平衡作用，不跑偏。

我后面总有一帮兵。

我不能老靠着面包让"兵"跟我走，我还得有绝技。村里有吹唢呐的，我跟着看，我用柳树枝做成柳笛，上面也刻上孔，按照唢呐的方法，嗨，还真能吹出旋律；还吹树叶。塑料袋也能吹出调子来。我会口技，学鸟叫，捉的鸟都会唱歌。

编滚笼，是跟村里的老爷爷们学来的，小鸟飞进来就出不去了，养几天，就放飞，小伙伴们哪追得上。

捡粪，其实更有趣。我一大早跑牛跟前，守望着，还跟牛商量：快点吧，快拉屁屁吧。学校有任务，每个同学要上交牛粪。从小起大早，背个大花篓，挎个粪箕子，追着放牛的爷爷要点牛粪。

养牛养马的爷爷们会把喂马的豆饼，留一小豆饼给我，我再砸碎了分给小伙伴——招兵买马需要经常换花样。

谢谢你，路上的狼

我每天跑步上学。

我跑得飞快，与狼有关。我们老家山上有狼，因为害怕狼，我两手总握块石头。狼很聪明，你不惹它，它也不惹你，狼不会轻易攻击人。

我挺感激狼的，因为它的存在，我每天都跑着来跑着去，并且越跑越快。

要是狼跑上来，跟我一起到学校，那该多好。有时我故意跑慢点，希望狼跟上来，收养一头狼，也是挺酷的事儿。

狼就像我的教练一样，严格地计算着我的速度，有一次它突然冒出来在我前面的岔道上，拦路抢劫，那可不行。我的课本可是用草药换来的，我以百米冲刺的速度拐向另一个山头，离学校越来越远，我只好迟到了。

直到初中，体育老师发现了我的快跑天赋，他不知道我的第一个"教练"是狼，"名狼"出高徒。

其实上学路上会遇到各种各样的动物，小刺猬、松鼠、蛇、野兔子、黄鼠狼，它们都很有灵性。蛇，就是个梦想家，整个冬天都在做梦，睡大觉，春天开始苏醒，它们绝对能听懂我们人说话。

参加工作后我还养过很多小动物——小乌龟、小鱼、会说话的鹦鹉，小朋友不玩的两只小鸡崽也给我送来，我的宿舍里还有小荷兰猪，一群小荷兰猪后面跟着两个小鸡崽。我楼下住着打更的老汪头，每到晚上五六点钟，从老汪头那儿会跑上一只大耗子。它准时跑跑哒哒上楼，我会给它一些吃的，它临走时背着一条大鱼刺下楼梯，可能它窝里还有小耗子。

月亮地的功夫

你脚尖能够到我脚后跟就行——

通常我挑战小伙伴们是从立定跳远开始。

因为练过轻功，所以跳远就是"小飞"一下。

九节鞭和宝剑都练过，师傅就是我的体育老师——初中开始的，每天凌晨三点半起床跑到学校体育场，跟王镇川老师练功。

王镇川，这可是叮当响的名字。人如其名，王老师特别正直，疾恶如仇，能静能动。他教功夫前，一定会让你感受到什么是武德，他说德至关重要，学武可不能就为了显摆。习武先习德，练功先练人，这是师傅给我上的第一堂课的主题。

那时候拜师学艺，其实就是想跟别人不一样，与众不同。对功夫还真就是一知半解。

吃苦，那是肯定的，王老师还奖励我一套运动服呢！他老人家现在也七十多了，我下次回家是要去看望他的。

他给我讲过很多武林高手的绝招，不需名贵宝剑，摘花飞叶即可伤人，关键看如何运用。

"我辈练功学武，所为何事？行侠仗义、济人困厄固然是本分，但这只是侠之小者。江湖上所以尊称我一声'郭大侠'，实因敬我为国为民、奋不顾身地助守襄阳。然我才力有限，不能为民解困，实在愧当'大侠'两字。你聪明智慧过我十倍，将来成就定然远胜于我，这是不消说的。只盼你心头牢牢记着'为国为民，侠之大者'这八个字，日后名扬天下，成为受万民敬仰的真正大侠。"

这不是王镇川老师跟我说的，这是金庸让郭靖替他说的。我很崇敬金庸先生，他执笔游侠，让读者豪情万丈。

因为信，所以信

我最早写过的第一封信，是给爷爷写的，估计是六七岁时吧，我爷爷那时在天津嘛，写信给爷爷汇报学习成绩，没有小要求小秘密什么的，就是炫耀。你看我家吧有五个孩子，我叔家还有三个孩子呢，就数我学习成绩好，写信告诉我爷爷，爷爷就稀罕我呗，从小我就是咱们家最大的希望。

自己不知道去哪儿寄，就去找我老叔，他在大队上班嘛，他方便，那时写信还是挺奢侈的事呢，需要贴八分钱邮票。我写一封信爷爷指定给我回一封信，我爷爷写很多字都是繁体字，爷爷小时候读的是私塾，我不认识的字，我爸我叔都能教我啊，我爸认繁体字厉害。

我爸一直都写繁体字，我老叔给人家写对联也是繁体字。繁体字现在忘了很多，小时候认繁体字一般人没我多。

我们全村子门上贴的都是我老叔写的对联，从腊月二十九就开始写，从早晨推开门墨弄好了就写，一直写到大年三十。我有时给他研墨，那墨不像现在那墨汁，是香墨。咔、咔、咔，我给研墨，然后我老叔写，那时也挺有成就感，那家伙墨研的，脸上都有，可有意思了。

我还负责去挨家挨户送对联，谁家的门神我都认识。

更多的年头没有送的时间，是别人来家取，就是排号，我给排成人爷辈的、爷字辈的、叔伯辈的。太爷这辈的，每家对联我都给按顺序排好，那时写对联都是一摞一沓的嘛；有爷字辈的不认字，我得告诉哪张是贴窗门子的，哪张是贴屋里的。我们村真有闹出笑话的，有位大叔，他不认字，愣就把"肥猪满圈"贴屋墙头了，"抬头见喜"贴猪圈去了。

对联也是一种信。它是要贴在门上的对对儿。一年一次，一份祝福嘛。我老叔我为啥佩服他呢，他写的对联全是编的，不重复，大都是他琢磨出来的。那时咱村子不大不小也几百户人家吧，那就是百十副对联。

我觉得老叔很了不起，他的诗贴在别家门上，真正的诗人。我一直挺敬佩他这种文化修养。为啥当村支书当到七十多岁呢，一直连任一直连任，也挺厉害的，指定有他独到的地方。老叔一辈子两袖清风，跟我爷爷一样。我们老柏家就这样，一辈一辈传。

现在很多人家过年都买对联，咱自己家还是写。我现在就要求我的孩子们开始学习书法，练书法写对联是一定的。传统文化里的书法，很多东西一定要传承起来，这绝对是我们老祖宗留下的精华。第一我坚持的就是繁体字，繁体字就是讲究，绝对不能简化，要不说的话简化之后，字的意思都没了，字的能量都消解了——我们老祖宗创造的每一个字都是意味深长的。

我们以后还是要坚持用繁体字来写信，台湾的朋友们发来的短信全是繁体字。

我跟小伙伴们书信往来少，同学有书信往来。咱们初中开始就住校，离开之后我初中同学联系得挺多，高中就更多了。我现在还留着很多书信，挺大一袋子。因为写信，我还养成一个特别的"毛病"，攒邮票，从八分钱邮票到几毛钱几块钱邮票攒了很多，国外的邮票我也攒了很多。

我集邮的爱好就是从写信开始的。

对集邮的爱好，发展到集卡，各种各样的卡，电话卡最多。我还有那个刘兰芳的一套卡，那个卡值钱，这几次搬家时弄丢了。我那个儿子把我收藏的一枚小型张给偷偷卖了——"祖国山河一片红"，很珍贵的。其实我当时老心疼了，幸好孩子的问题后来还是慢慢都纠正过来了，算是种欣慰。

我给师傅也写过信，虽然我剑术剑道没有什么特别的，但跟师傅学习的那段经历对我影响很大。师傅讲武德，练武武德至关重要，就是怎么做人嘛——师傅一生仗义，别人说我身上有种侠气，其实就是正义感。我也挺乐于助人的，我到哪儿指定跟一帮人，我真得感谢我的师傅。

这几年就是我啥时的呢，是参加工作之后，很少写信了。给父母我还拍过电报，那时候电报都是很紧急的事，并且很贵呢，拍电报按字收钱，要字斟句酌，有时就发几个字"爸妈我很好，勿念"。听说有电报我爸妈吓一跳，后来骂我：放假回去你发电报给家里吓够呛……其实我啥事没有，那时我也不知怎么想的，玩快嘛，非常快，就是体验一下新鲜，挺有意思的。现在你看，都没有电报这个业务了。

大学你看我不在学校待着，信是最多的，老有信，人缘好。

我参加工作后还跟一个小和尚通信，一个出家人，一个小胖小儿，他给我邮过照片。我估计比我小能有十来岁。他在一个在寺院里，给我写信一般都带经文的，像无为无不为、色即是空空即是色什么的很多东西。一个小弟弟一样，穿着袈裟胖乎乎的小胖小儿，给我写的这些经文挺有意思，相互鼓励。

印象最深的一封信，是往部队写的。我有个学生美娜是女兵，在部队。我写那封信改变她挺多，那孩子刚到部队比较不适应艰苦的训练，想着要不就逃跑要不就自杀。那孩子性格本来就不开朗，抱怨累啊、痛苦啊、枯燥啊，我赶紧给她写信，连续几封信开导。挺可观一个小孩，现在也当妈妈了。

最近的一封信，那就是我给全国观众的回信。我 2013 年末还回了好几封信，年前也有回信，因为有很多人就是关注我没有电话号码的，他们把信邮寄到第二中学，今天可能还有一封。是感情的信我没法回，叫我正面答复我没法答复就回避，其他正常状态或交流信件一般都回。

情书，写过。我那时给同学写情书，就是帮着同学写情书，我文采比较好嘛，挺有意思。

感动不少人，反正自己也有就处对象嘛，也写信，感情特别真挚。

那时为啥争着看汪国真的书啊、席慕蓉的诗啊，还有朦胧诗人顾城，那家伙"黑夜给我一双黑色的眼睛，我用它寻找光明"，可有诗意了。我现在想想自己不是文采好，是把诗写进情书里，那家伙"东篱把酒黄昏后"真是挺有意思，用上诗句马上意境就有了，有感情了。写情书最练文学水平了，真事，逼着自己看书去，你绞尽脑汁运用好的词汇，左编右编，那写作水平真上去了。

百分之九十的大作家都是写情书写出来的。

我印象最深的就是那时我背诗全是为了女孩背的，真事。我原来语文水平不怎么高，我编作文到现在也是非常厉害，基本上包括中高考我语文作文都是非常高的，就是能白话能编。所以你看现在我给孩子讲话什么的，天文地理，都是看书积累的。这本《羊皮卷》，是前几天去贵州在路上看完的。这几年来我枕头旁边指定有本书，我睡觉之前指定要看一眼书。各类书都有，有时看书心能静下来。给孩子们当爹，你也要有些智慧，给孩子们倒一杯水，咱肚里就得准备一湖（壶）的水。

我那时候为啥喜欢诗呢，就是因为我原来那个对象她就喜欢文学，因为我得跟人家靠近嘛，背诗啊，啥诗时髦背啥诗。顾城朦胧诗那当时很火，写信都是朦胧诗那种状态，咱们年轻人喜欢这种状态啊。其实我挺有成就感的就是替同学写情书，啥话都敢写。你看我要是自己处对象哈，有些话还真不敢写，为他们啥话都敢写，说三句话啥词都敢往上套，挺有意思的。

后来那个同学赢得了那个女同学的欢心——我写情书成功率挺高的。包括你看最有意思的是我记得清楚的，我一个高中同学——后来就是念技校去了——喜欢上一个女孩，那我给写完信之后，那封信感动了她们班人，成为经典呐。那个女孩把那封信给她闺蜜同学看，那些女孩全都感动了。他现在的媳妇就是当年我给他写情书追来的。

其实书信传达感情最真挚了，最全面了。咱现在短信包括电话，电话里有些话说不出来，短信里有些感情表达不出来，只有写信把很多感情都在字里行间表达出来，其实书信的意义很多还代替不了。但现在人懒了，包括我也懒了，别人不给我写我也不会给写信，有时写了我还能给回封信。

回信很重要，他们会当成一生的纪念来收藏着，辽师大的这几个孩子接受我写信和回信，他们有一项任务，就是要写信。咱这几个丫头联合给我写信，完了她拿一个信封邮回来，告诉我回信必须每人写个信封邮回去——辽师大有四个孩子。

有几个国外的老华侨他们给我写信都是用繁体字写的，我都有保留。

有一个美籍华人陆先生从《纽约时报》中文版上看到我助养孩子的事迹，想要收养我家孩子，对小黑和李威都挺看好，说是要把孩子带到美国去。他膝下也没有子女，给我写了很多信，但我很委婉地给拒绝了——舍不得孩子。我不会将任何一个孩子转交给他人的，我要亲自抚养他们，要对他们负责对他们亲人的托付负责。

给孩子写封信我觉得这是他们最好的财富，也是我的财富，我收到很多孩子的回信。信就是这样，有去有回——将来我写信我要用毛笔写。大孩子们给我发的短信，我都几个月几个月不删，我几个月几个月留着。我跟人显摆：你看我女儿给我发的信息，你看我儿子给我发的信息，就显摆。因为我孩子写信不是简单地"新年快乐"就完事了，有很多情感在里头啊，我就舍不得删。

我现在就应准备一个更大的百宝箱，然后我给孩子们写信孩子们给我回信，这就是将来最宝贵最好的收藏。我已经有两个百宝箱了，里面有孩子给我买的第一件衣服，有去英国传递火炬孩子们用积攒的零用钱给我买的一双跑鞋，还有很多比较特殊的礼物。孩子们是我最大的财富，我曾跟爷爷奶奶说：别担心，咱这些孩子一天换一个给你洗脚，咱家七十多个孩子，再加上他们的孩子，儿子、孙子、重孙子都给洗，这一家换一天估计要洗一年！洗脚洗一年，这就是财富，羡慕去吧。

访谈手记

对文字的认识，我原本是想通过一部电影来传递我们不应该忽视的一种追求，中国汉字是蕴藏着大能量和大智慧的宝贝，"我不识字"，这个念头让我纠结了很久，我们只应用文字，却不知道每一个字是怎么创造出来的，古圣先贤是怎样俯仰天地，体察万

物踪迹，我们浑然不觉。

文字上的反思使我在面对柏剑老师时突然找到了出口，柏剑老师，他不是语文老师，却由他来帮助我将这种文字醒悟昭示给更多的孩子们。谢谢这个世界上有柏剑老师在，并且他将一直在。

柏剑老师每次在自我介绍时都会很肯定地说：我姓柏，柏树的柏，有根族。

我们赤条条来到人世，所拥有的第一样东西，就是我们的——名字。

我们被辨识，我们被呼唤，我们从人群中脱颖而出，柏剑说名字不只是我们每个人的"代号"，为自己的名字负责，是他明白的第一条任务。

柏氏祖训：立身、孝友，敬祖先、睦亲族、敬师、取友、教弟子、和邻里、肃闺门、酬恩释怨、

排难解纷、治家敬宾……其中的每一条他都谨遵恪守继承。

柏剑说：我们可能拥有最平凡的名字，可是我们拥有不平凡的心灵，请千万照顾好我们的名字，给它新的生命意义，不管你现在在哪个旮旯里，终有一天你也会成为同龄先锋。

想实现自我成就自我的愿望使他重新拥抱学习，他每天天没亮就从家里出发赶往学校，他说那是他自己的事，他想要的人生没有人能代替，他愿意。每一个人，都是一株向阳的植物，不要期待和依赖别人去培养你，尝试着自己去栽培自己。在每个人的现实中，阳光、雨水无处不在。

他做到了用他的名字为我们取暖，他让我深刻理解"名副其实"不仅仅是一个词。

从此，让我们被名字里的每

一个字照耀。

　　根，其实就在我们身边，一个是在大自然，另一个是在家庭。

　　我一直想知道柏剑身上的阳光力量是从何而来，快乐童年和根植的那片乐土让柏剑积蓄了大量快乐的能量，他需要与更多的孩子分享。

　　一方水土长一方柏剑，快乐不是他的性格，快乐是他的一种能力。

有人说童年是一串动听的风铃，那声音里传递着的是天真、稚气，而我要说童年是一条长长的跑道，一条崎岖的山路留下了我童年的足迹，印刻着一段真实的回忆，而这跑道上铺满了一个字——爱。这爱融入了人世间最珍贵的亲情，这爱让我感受不到童年的清贫，更让我的性格中注入了一份阳光。

——柏剑

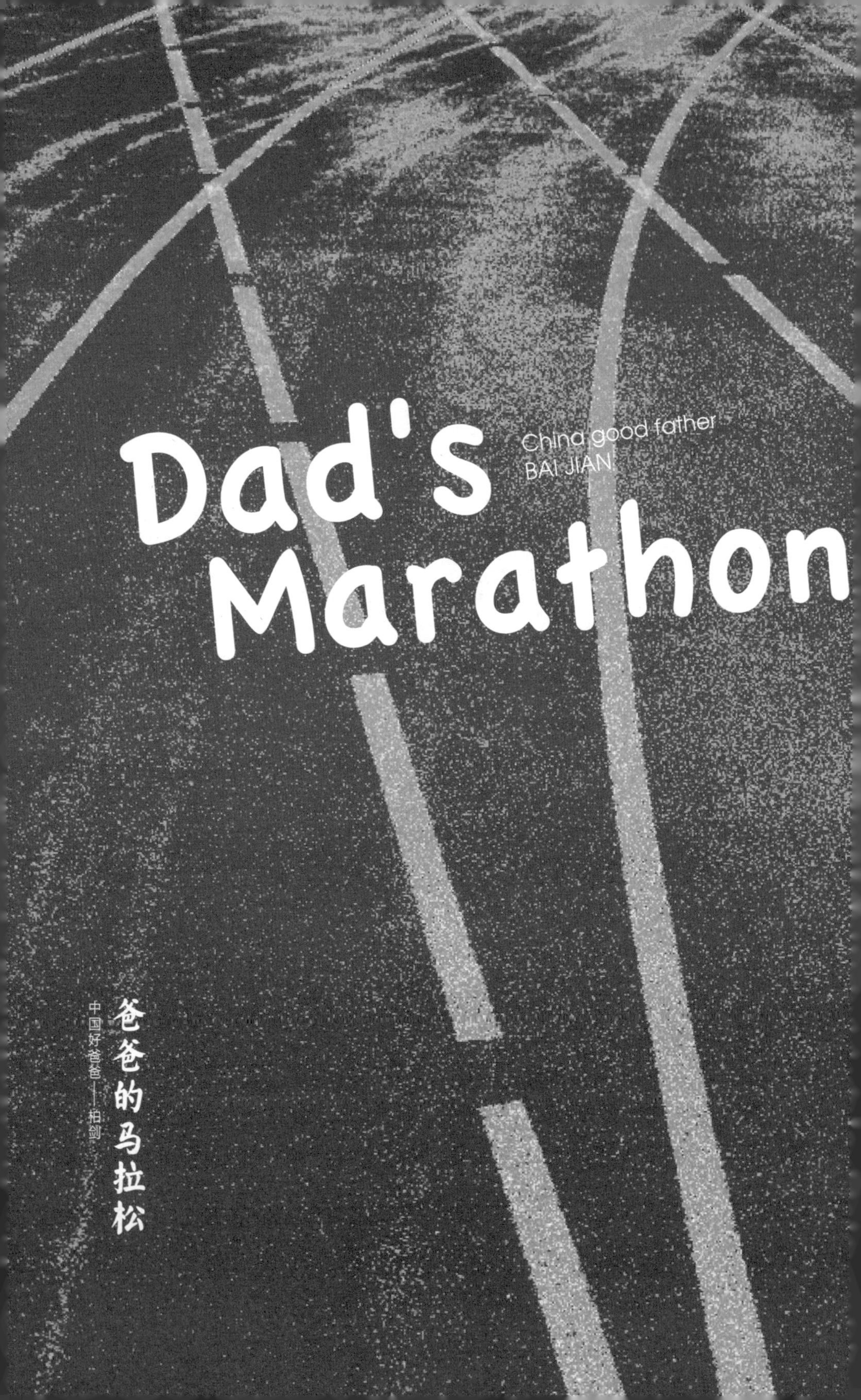

Dad's Marathon

China good father
BAI JIAN

中国好爸爸——柏剑

爸爸的马拉松

The **2** chapter

大学知道 "答案"

每
一
个
汉
字
都
是
我
的
故
乡

　　小时候我每天都在山道上飞沙走石，在河道里蹚水，爷爷说只要走正道，走哪儿都行。

　　在爷爷的老书里我查到"道"字：从辵，从首，谓长行，首：谓面之所向，行之所达。所谓"面之所向，行之所达"，意即面向哪里，道在哪里；走到哪里，道在哪里。那本书就是《说文解字》。

　　真正读懂老子，是在大学里，老子认为"道生一，一生二，二生三，三生万物"，道者，万物之始，万物之源，万物之所然，万物之所以成。

　　大道无私，仁者无敌。

　　道是行的，不行就没有道。

01 | 跑的"道"

拐弯儿，有时候就是一个华丽的转身。梦想转折处。

跑道的拐弯处，离心力最大；弯道处，要减速，要不就会跑出轨道。人生的跑道，也是这样，减速、反省是必要的。

长跑的跑道上，要根据自身体能，合理分配体力——起跑、加速跑、中途跑、冲刺跑。

马拉松跑，跟人生一样，你要根据自己的特长确定目标：人生定位很关键；分阶段实现目标。世界上连续五届的马拉松纪录保持者，他成功的秘诀就是分段目标，他每次比赛前都一定要看赛道，五公里之后是厕所，他要预计到达时间，多少公里之后是水站，他在时间规划上就会准确到达。全程马拉松，他至少分成十个小目标，一个一个突破，最终最好的世界纪录他也会打破。我们老祖先讲的修身、齐家、治国、平天下，就是将目标不断提升的进程。

途中跑，前期要控制体力，在大家都急跑时容易忘记自己的体力状况，顺风顺水的时候，更要注意力集中。马拉松跑道各种情况都有，坦途、上坡、下坡，沟沟坎坎，下坡最容易受伤，这时尤其要控制速度，避免危险。

三十五公里之后，是鬼门关，很多人每跑一步都有抽筋的可能，容易放弃；人生也往往如此，绝望会无法控制，跑过马拉松的人都有体会，这个极限顶过去了，后面就是机械跑了，最后两公里加速，剩下百八十米冲刺。

到终点，尽管筋疲力尽，也不能马上停下来，慢慢继续往前行一段。

后来者居上

我上大学也是个传奇。

比别人都晚到半个多月，那时已经做好考不上大学的准备了。我专业课体育的成绩那是数一数二的，可是我的数学卷子高考时被同学拿去抄——数学单科成绩作废。直到八月底，我完全没有信心等下去了，后来一个同学去学校，偶然看到了我的录取通知书，锦州师范专科学院（现为渤海大学）让我有了重新创造未来的力量。

在大学，我没参加一次学校舞会，吉他、笛子、箫，我也都可以自娱自乐，出离于概念大学，我是经常来无影去无踪，不是故作神秘：我在上大学前一天，让母亲把全村人为我凑的学费都退回给大家，我觉得我可以自立啦，大学报到之后我就找了一份服务生的兼职工作。

勤工俭学，每天从傍晚六点到晚上十二点，站六个小时。我练的绝活儿花式打火机——用十种不同方式帮客人点烟，照亮每一张脸。每天在打工时见到的虚无和各色人生，让我更加珍惜我的大学生活。

体操专业对身体条件要求高，大回环和单杠最容易受伤，有些同学知难就退了。我有练功夫的底子，技巧、勇气、柔韧性、意志力都过关，男子自由操、鞍马、吊环、跳马、双杠、单杠，我专业课那是全系第一，精气神十足，又练过健美，在女生眼里回头率是挺高的。

对，就是那个"体操王子"。

被当众指证，我很不好意思，她们哪里知道，她们的"王子"不上晚自习并非骄傲。每天晚上打工并没有让我满足，虽说小费高，可是那个皇冠夜总会的环境不是我期望的。攒够了"第一桶金"，我果断地辞掉了那份兼职，挣来的钱完全可以买一辆车，不是劳斯莱斯，也不是路虎，是崭新的一辆"神牛"，三轮车中的品牌，花了一千八百元。

课余时间去蹬人力三轮车，一个月下来可以挣八百多。蹬三轮车的道儿，是我走过的最漫长的道儿。那时我十八岁，本身很瘦，三轮车上坐个二百多斤的大胖子，再加上两个超重的大箱子，顶着冬天的风上坡，我每蹬一下，都有拼命的感觉，三十里路，回来的时候下大雪，路滑，真想在雪地上打个滚儿大哭一场。我的耳朵冻得不敢碰，怕一下子掉下来。

我可不能等天晴了再出车，越是风雨天，坐车的人越多，"风雨"不能误。像我一样在风雨中疯跑的还有一个人，一个精神病人，他经常出没在我们学院附近，我平时练车技时，他还负责给我鼓掌。我每天买两个盒饭，精神病人一盒，我一盒，歇活时一起聊天。

真的很感谢那个精神有点问题的朋友，有他为我助跑，我蹬三轮车时倍添力量，他从没有喊过"加油"什么的，他一声不吭，就是跟在我的三轮车后面跑，跑丢了一只鞋子，他还跟着跑。在我毕业前三个月，就再也没见着他，不知道他穿着我送给他的鞋子跑哪儿去了。

关于他的"精神问题"，我也在寻找答案，在大学期间我还完成了中医自学考试课程，也是在那时，我开始想研究心理咨询的课程。

我有个朝阳的同学，比我还困难，神牛车就让给同学了。

尽管我"神"来"神"去，大学毕业时体育综合素质五项超标，以优异成绩获得择优分配的机会，我面临三份职业可选择：教师、警察、医生，我最终选择了教师。

我的饭店我的饭

今天吃什么？我说了也不算。每个食客都有自己的口味喜好，酸甜苦辣。

燕窝和鱼翅是非常讲究的滋补名品，如果盛宴贵宾，缺少这类名菜，举座身价就会大打折扣。鱼翅是鲨鱼的鳍，渔民残忍地割它下来，哪管奄奄一息的残鲨？在水里，没有鳍，等于陆地上没有脚，被宰割的鲨鱼只有顺水漂流，活活等死。都市高级酒店里，一碗鱼翅几百乃至上千元，蜂拥而来的食客，大吃大嚼，好像他们不认识鲨鱼一样。

生猛海鲜，我店绝不提供。

江浙一带，为了吃个新鲜，把活鹅洗净，置于滚烫的铁板上。鹅不胜其痛，又蹦又跳，哀鸣不止。直到烙熟，方才将鹅掌切下，抛弃半死不活残鹅……这些烹饪手段，见诸清代诗人袁枚的《随园食单》，那位大才子愤恨地斥责道：人类可以将生灵吃掉，但绝不应该折磨它们，使其求生不能、求死不得。

红烧鹅掌，谁点这道菜，我跟他急！

三姐说：要是都像小白兔那样怎么办？

柏剑：小白兔怎么了——

小白兔蹦蹦跳跳到我们家饭店，问：老板，你们有没有一百个胡萝卜馅的包子？

老板：啊，真抱歉，没有。

小白兔垂头丧气地走了。

第二天，小白兔蹦蹦跳跳到我们家饭店：老板，有没有一百个胡萝卜馅的包子？

　　老板：对不起，还是没有啊。

　　小白兔又垂头丧气地走了。

　　第三天，小白兔蹦蹦跳跳到我们家饭店：老板，有没有一百个胡萝卜馅的包子？

　　老板高兴地说：有了，有了，今天我们有一百个胡萝卜馅的包子！

　　小白兔掏出钱：太好了，我买两个！

　　柏剑说：没关系，我们可以继续吃剩下的胡萝卜馅的包子。

　　像小白兔这样有个性的顾客比较多，并且有的顾客没有人民币，白条子递过来积攒了一大摞，"柏剑正宗小吃店"很快就被吃黄了。

柏剑吃素，不是一天两天的事啦。

生命最好的营养主要还不是来自食物，人对世界的看法本身就会构成对他生命最好的营养，食物只能壮身，而观念却能豪气。

柏剑说：选择素食只是选择了一种有益于自身健康、尊重其他生命、爱护环境、合乎自然规律的饮食习惯。我的生命对我来说充满了意义，我身旁的这些生命一定也有相当重要的意义。如果我要别人尊重我的生命，那么我也必须尊重其他的生命。

花四千元兑下一个朝鲜冷面店，"柏剑正宗小吃店"就火爆开业了。三姐帮忙、再请个厨师，晚上还跟厨师学艺，最多一盘菜挣两元钱。人缘好，来点菜的人也多起来，附近有个帆布厂子，签单一万多元，最后没有人来还账，厂子黄了，推一车帆布来抵账，卖了三千多，柏剑的饭店也关门了，剩下了不少碗筷。

02 | 悬壶济世·偏方

小孩子装病，有时是为了引起关注，希望得到特别呵护，或者是为了逃避，比如考试了、训练了，切不可头痛医头，脚痛医脚。

我们的病，都是我们自己"特批""特许"而来的，只要我们开心快乐，任何病都成不了气候，也绝不会变成病实。求医之道和治愈之法都要从根本上认识。

疾病实际上并不可怕，可怕的是我们不知道它的来路，从而也就无法弄清它的去向。

身体是不会病的，病的永远是人；实际上人也是不会病的，病的永远是心，所以许多病都可以被认为是哲学病。有时候，疾病什么也不是，它只不过是用来填坑、补漏、充空、加密的。是没有事情前提下的一件事情，没有中心的一个中心，没有主题的一个主题，没有意义的一种意义。

我们现代人每天画圈，活在一个小圈子里。

离天地太远了，上不着天，下不着地，悬着，能不生病嘛。

我的药方是：回趟老家。

老家什么都有。有根，有你撒野的大地，有你随便晒的阳光，有你喝不完的西北风，吃的都是正在熟透的瓜果李枣，坐起来就能看到云来云去，躺下就能进入梦乡，失眠、抑郁，啥病都会烟消云散。

我学中医的想法源自我老娘。她就喜欢在山里采草药，马蜂蜇伤，她就嚼草药消肿，用童子尿治外伤，消炎。

学中医时，为了考试，我也背熟了很多药方，中药里按治疗作用分为：补虚药、解表药、清热药、温里药、理气药、消食药、收涩药、祛风湿药、芳香化湿药、利水渗湿药、化痰止咳平喘药、安神药、平肝息风药、活血祛瘀药、止血药、泻下药、驱虫药、芳香开窍药。

我通常不用药。

药是什么？

药就是与"草木有约"。

你真正认识了药字，你就知道该怎么做了，到大自然中去，在花花草草中漫步，与它们息息相通，呼吸它们的呼吸，你还能不通畅，你还能继续忧伤？

针灸我也尝试过。针灸按人体十四经脉循行常用穴位针灸，根据病情的不同和穴位的不同而选取不同的进针手法、深度及角度。十四经脉为：任脉、督脉、手太阴肺经、手少阴心经、手厥阴心包络经、手阳明大肠经、手太阳小肠经、手少阳三焦经、足阳明胃经、足太阳膀胱经、足少阳胆经、足太阴脾经、足少阴肾经、足厥阴肝经，每一经脉都有自己的方向，不是废话，是你内中修为的方向。

针灸，我通常在自己身上试针，同学之间也相互试针，解除疲劳，对足三里施针。

我腰部受过伤，大学时训练从双杠上掉下来过，当了体育老师后，孩子们喜欢跟我闹，有一次，一个二百多斤的大胖小子淘气砸我身上，我的尾椎骨骨裂。

我照常可以九十度鞠躬。

感觉要病了，马上收拾行李——回吧，回趟老家，看望爹娘。"回老家"，是现代人最需要的一个偏方。

现代病的最本源困境就是无根，无心，无情。

偏方治大病。

病得不轻

一个有钱人打来电话：你收养孩子，也收养猴子吗？

那还是个善良的有钱人，小猴的妈妈在饭店的餐桌上，被吃客们围着，猴脑被生吃，小猴尖叫流泪，一个有钱人不忍心买下它。

又一个孤儿，只能收下。

母亲说：可怜的小宝。

我们家小宝淘气，那是相当的淘，它跟小孩一样，上蹿下跳，跟大猫（周佳杰）抢苹果吃。有一次被我打了一巴掌，它生气咬自己的手，吱吱叫着去找奶奶告状。

病从口入，病由心生。吃猴脑的人都病得不轻。

病得实在不轻的人，有！我的孩子莫莉她爸爸，患白赛氏综合征，本来医生判定他就剩一两年的活头，自从失学的莫莉住到我的大家庭，学习上训练上都有了飞跃，从初二开始，一直到考上哈尔滨体育学院，莫莉的爸爸又活了十多年。我经常带孩子去开导他，精神鼓励很重要，他看到了希望，信念让他克服了病痛。

精神上病得不轻的人现在越来越多，实习"病人"更是多。

每晚九点打来电话的人是一个男孩子的母亲，她离异之后想再嫁，非要把孩子丢到我这儿来。她反复强调她的孩子有病，她带不了了，她要外出打工。

任何人都代替不了孩子的母亲，千万不要把孩子当成"有病"的孩子，要相信我的话，不要出去打工，就在家好好陪孩子，一起玩，一起成长，半年之后，一定会改变。孩子缺少陪伴和安全感，解铃还需系铃人。现在需要你改变，你要静下来，孩子也就不狂躁了。

电话里那个男孩的母亲责问我：你能收养那么多孩子，为什么不收留我的孩子？！

她好像还很有理，一个女人忘掉了她做母亲的职责，不知道自己病得不轻。

面对病得不轻的人，我还得继续寻找偏方。

忏悔，这个方子比较能够彻底解决问题。

天下人的错，都是我的错。

标准化病人

每个人都是有病的，都坚信自己有病，还病得不轻，这就是病不能好的根本。

我们每一个人都是标准化病人。

晒太阳。很多人缺乏阳光照耀，一年才休一次假，集中晒太阳不行，每天太阳升起，每天用心晒一会儿，把内心的冷漠和荒凉都晒出来，身心通透，无病无灾。

阴影是人最大的危险，我们看不到它，它却存在。不愿意、不喜欢、不开心、不成功、不公平、不道德、不纯洁、不美丽……当所有的一切都被否定集合到一起，阴影重叠阴影，不平衡状态最容易让人对现实产生不满，精神会因此崩溃，疾病的发作挡都挡不住，疾病源于我们的人格阴影。

病是什么东西？

病其实是一条道路。病，是让我们脱离某种现实或让我们停下来的一种无可奈何的机智天意。

对于伤风、感冒、咳嗽、腰酸、头痛之类的，我都心存感念，因为它们，我才有反省、思索、静默的时机。病人自己就是最好的医生，对疾病的认识和态度才是最有效的药方。

很多病人就指望着医院，医生们都病得不轻，你指望谁？

不病的医生，有！孙思邈，唐朝的药王，他在《千金要方》中写：若有疾厄（灾难）来求救者，不得问其贵贱贫富，长幼妍媸，怨亲善友，华夷智愚，普同一等，亦皆如至亲之想。不得瞻前顾后，自虑吉凶，护惜身命。见彼苦恼，若己有之，深心凄怆，勿避险巇、昼夜寒暑、饥渴疲劳、一心赴救，无作功夫形迹之心。如此可为苍生大医。

苍生大医，孙思邈，给天下所有医生和医院开了一个传世良方，竟然像偏方一样难寻，难道真的没有人知道此方吗？我愿意手写一万份，拿去！

像柏剑,他每天三点半起床,带孩子们训练长跑,接送孩子分别到八所中小学校,自己还要上学校带田径队的学生,还要负责学校事务,大家庭四五十个孩子的吃喝拉撒,一天忙到晚。他完全投入生活,对自己的过去是满意的。他有明确的精神意旨,忙于利人的生活主题。他的生活步调是紧凑的,他的时间安排是合理、有序的,他哪里还有空隙和余暇去生病呢?

柏剑还曾拜师于老中医,实习搭脉理疗、针灸、整骨,还开了一家康体理疗中心,培训理疗师,为更多的人解除压力疲劳。他还尝试用音乐疗法,他说用乐如用药,在繁体字中,"乐""药""疗"三字同源,音乐与药物、治疗具有天然的联系。音乐可以舒体悦心,流通气血,宣导经络,与药物治疗一样,对人体有调治的能力。 在古代,真正好的中医不用针灸或中药,用音乐。一曲终了,病退人安。百病生于气,止于音。古乐中的五音——宫、商、角、徵、羽(分别对应1、2、3、5、6),符合五脏的生理节律和特性,结合五行对人体体质人格的分类,分别施乐,可以促进人体脏腑功能和气血循环的协调。

柏剑曾建议学校音乐课老师研究每个孩子的身体需求,有针对性地授课,给孩子们唱或听的歌曲要分类别。

不是什么歌都适合所有人唱。

03 | 大哥哥，你也是离家出走的吗？

我参加工作也很幸运，1995 年毕业，从锦州到鞍山，晚上十一点多到达。在鞍山火车站，遇到两个离家出走的女生，她们问我路途，我也是初来乍到一派懵懂，她们好奇：大哥哥，你也是离家出走的吗？

离家出走，我当然离家出走过。我六岁的时候，就独自一人坐火车去天津爷爷家，不过我爸我妈是知道的，要是他们不知道，找不着我，那该多伤心。

考试没考好，失手打碎了家里的一个古董，父亲不让养小狗，偶尔与男生的一次单独散步被老师误解为早恋，老师说不可救药……

离家出走的理由一点也不新颖，理由都不充分，你能走多远？

大哥哥，你不是离家出走的吗？

我是一个想回家的人，特别想，可是我明天要到学校报到。

你是老师？

我绝不会说"不可救药"。

拉钩。

离家出走，这可不是小问题，无论如何我得把她们拦住。同情完她们之后我就开始讲我的经历，讲到珍惜父母和现在的读书环境时，她们都哭了，还好，我仅有的钱可以帮她们买回家的车票。

如果我再遇到离家出走的孩子，一定请他们的父母和孩子一起看电影《蕾蒙娜和姐姐》——

爸爸公司裁员失业，为了帮家庭减轻负担，九岁的小女孩蕾蒙娜发动姐姐去卖柠檬水，没想到却让姐姐在同学面前尴尬；主动去招揽洗车的活儿，却把姑姑朋友的车洗花，碰洒的油漆把吉普车染成大斑马，她把树丛中的刺猬球扎到一起，戴着最疯狂的王冠跌进拍广告用的巨无霸三明治里……跟姐姐抢电话，厨房着火，用扫帚扫火……

在爸爸卖房子前，蕾蒙娜发动了与邻居的花园大水战，蕾蒙娜从房顶上掉进屋里……

蕾蒙娜：我能确定我不受欢迎，我要离家出走。

妈妈：你要离开多久？

蕾蒙娜：永远。

妈妈：那样的话，我想你需要一个大箱子。

妈妈找出爸爸的大箱子，帮蕾蒙娜收拾满满一箱子东西：别忘了写信回来。

在街上拖着大箱子的蕾蒙娜孤单地流着泪，没有方向地乱走。箱子带拖坏了，抱着箱子继续，走不动了的蕾蒙娜打开箱子，发现里面有爸爸给他写的一本书，还有一个沉重的大铁球，还有一个对讲机……

对讲机里突然传来妈妈的呼叫：蕾蒙娜，你在哪儿？

我是老师

刚进二中时，正逢学校放暑假，一个学生也没有，学校空荡荡的，要黄的样子，几个老太太在打牌，我心里拔凉拔凉的，独自躺在单身宿舍里，用十六个凳子拼个床，自己去买个被子，总算有个自己的家了。开学第一天，就给我吓蒙了，五千多人，满操场都是学生的脑袋，这学校可黄不了。

当时二中没有田径队，我去找校长：校长，我带队吧，下午三点后的时间给我就行。

校长说：咱可没有钱。

有人就行。

田径训练，累，孩子们都跑了，只剩下七个孩子。那时我连自行车都没有，每天跑步到学生家楼下喊学生训练，被家长误会。第一次打比赛，我带的学生拿铁东区第一名，我还给学生补课，家长高兴，送我一辆二八大踹，用自行车接送孩子训练。

1996 年，二中体育全市第一，咱们就有十个特招名额，只要学生体育好，不论地区。

我的第一个孩子，就是一个体育特长生，也是个问题孩子，父母离异后又各自成了家，没人管的孩子无处可去，迷上了玩网络游戏，从家里窗户里爬出去，半夜跑到网吧玩。为了上网，把同学的午餐费拿走，他逃学、打架，老师对他都很头痛，只有体育课不逃课，他的班主任老师说，柏剑，你有办法，你带着他吧。

孩子来了，就多了一份责任，孩子跟在我身边同吃同住，就靠我每月的一百九十三元工资。那时我住学校独身宿舍，楼下有歌厅，一回家，第一件事就是找孩子，督促他写作业，每天带着他训练。一旦逃课，我只能一个网吧一个网吧地去找……

快到年底时，我发现我在夜市卖袜子攒的一千多块钱不见了，我那是准备回家过年孝敬父母的，问到那个孩子时，他信誓旦旦地否认。钱肯定是被孩子拿去上网了，孩子的撒谎和不上进让我很伤心，难道就这样放弃他吗？细想想，家长不管孩子，孩子的问题也是家长造成的，网络游戏的开发者也应该好好反思，我们整个环境给孩子带来的负面影响也很大。其实，每个孩子原本都很纯粹，怎么来改变他？我一夜无眠，嗓子失声，每天照常上课、训练。没有钱，我们两人就啃馒头、咽咸菜。我也有撑不住的时候，过度劳累，加上感冒一下就病倒了，咳嗽不止，那孩子无意中看到我咯血，再也憋不住了，哭着承认偷拿的钱都花在网吧游戏里了。

抱着哭泣的孩子，我什么也没说。我们重新开始。

从那以后，孩子一下子懂事了，不逃课玩游戏了，白天跟着我训练，晚上我给他辅导补习文化课，后来考上沈阳体育学院，现在一家足球俱乐部当助理教练。

那个孩子是我用心最多、遇到的困难也最多、最让我费心、也最让我难以割舍的一个孩子。

与这个孩子的一起成长，让我在教师的岗位上体悟更多，给每一颗草籽发芽的时间，给每一个人证明自己价值的机会；不盲目地去拔掉一棵草，不草率地去否定一个人，这就是教育的起点。

从"柏剑老师"到"柏剑爸爸"的角色转化太快了，有了第一个孩子，就有了第二个、第三个……从哪里冒出的就不重要了，赵勇、魏玉桥、王加桐、李军、美妮……每一个孩子都曾面临过辍学，因为家庭贫困、父母离异等。李军，父母早逝，从记事起就跟爷爷生活，进入二中不久，爷爷就病逝了。我在家访时看到了孤苦无依的李军，我必须得是他的亲人，一个十三岁的孩子，怎么独自生活，当天我就把他领回了家。

王加桐，是我在回老家看望父母时，看到的一个追着羊群奔跑的孩子，他爷爷患重病，因支付昂贵的医疗费用，家贫如洗，父母让他辍学放羊，他母亲一见到我眼泪哗哗淌着说：你看看这个家，怎么过下去？床上有个得重病的老父亲，看病又没有钱，我真是无法养活这个孩子了。求求你把他领走吧！不能就让孩子放羊一生，把王加桐从建昌带回鞍山上学，住进我的单身宿舍。现在，王加桐已经从哈尔滨体育学院毕业了。

我的单身宿舍很快就住不下了，孩子们越来越多，开始的几个孩子都是男孩，我母亲、姐姐来帮我之后，女孩子们多起来。我开始不断地租房子，同时租三处房子住，孩子多呀。

先后收养的孤儿，单亲、特困家庭的孩子，四十多个；从我家走出的大学生，十八个，全国各地都有。

每一颗草籽都有发芽的愿望，我们不仅需要浇水——教育，更意味着一棵树撼动另一棵树，一朵云推动另一朵云，一颗心灵唤醒另一颗心灵。

最受人羡慕的班级

我有个学生，中学时住在学校附近，个子高，贼拉老胖，大脚，能吃苦。他每天凌晨四点跑到学校，我带他练一个小时，还帮他补习文化课，后来考上一中，始终都是第一名，保送清华，现在美国硕博连读。

我们要求学生文武双练，孩子不用花一分钱补课，有学习方法，玩得最疯，学习最好。

解明宇，在加拿大，半工半读，他是最早挣钱的学生，每次回来都请弟弟妹妹们吃饭。

有个同事很严肃地来找我，她说：你怎么混得比我这个班主任还受欢迎？

很简单，考一百分的学生你要对他好，以后他会成为科学家；考八十分的学生你要对他好，他可能和你做同事；考试不及格的学生你要对他好，以后他会捐钱给学校的；考试作弊的学生你也要对他好，他将来会从政的；中途退学的同学，你也要对他好，他会成为比尔·盖茨或乔布斯。

那个同事说：好吧，我隆重邀请你来对我们班的孩子们好。

特别班级的特别体育课，我会带孩子们去栽树，占领大自然阵地，顺便把植物学和地理课的概念都具体到花草树木、土壤、山川河流里，忘都忘不了；在长跑训练之前，我先与大家讨论古今中外历史上以少胜多的战争，体育课与历史课的结合，那有什么难的？！马拉松比赛的历史是从马拉松战役开始的。公元前490年，波斯发动了对希腊的侵略战争。雅典军队在无外援的情况下在马拉松平原与波斯军队展开决战，最终以少胜多，打败了波斯军。为了将胜利的好消息告诉雅典城的居民，斐力庇第斯受命跑回雅典，让同胞们早一点分享胜利的喜悦。斐力庇第斯不顾路途的遥远和饥渴伤痛，穿越了42.195公里的距离，一刻不停地跑到雅典城，他到达以后只向自己的同胞高呼了一声"欢呼吧，我们胜利了"就倒在地上。清楚了马拉松赛跑的来历，向斐力庇第斯致敬完毕，我们大家的目光集体转向公元前490年，叶公问政于孔子，当时孔子自蔡到叶，有关正直、道德的问题在当时也是时尚。

至于我国战争史上以少胜多的战役，孩子们讨论确定的比标准答案还多。

从商朝末年牧野之战，周武王四万五千对商朝十七万，全军覆没；

秦朝末年的巨鹿之战，项羽五万对秦军四十万；

东汉末年赤壁之战，孙刘联军五万对曹军二十余万，曹军伤亡过半，为三国鼎立奠定了基础；

虎牢之战，李世民三千五百对十余万，歼灭窦建德；

宋郾城之战，岳飞数千对一万五千，大败金军精锐；

浑河之战，努尔哈赤四人对八百明军，奇迹获胜；

萨尔浒之战，努尔哈赤四万五千对十一万，歼敌约五万人；

第三次反围剿，毛泽东、朱德三万余人对三十万，歼国民党三万。

同其他对抗或者爆发力的比赛不同，马拉松更注重经验、战术和团队合作。二中唯一一个每天坚持跑步的班级，体育全部满分，升一中和重点高中的比例是最高的。

国庆六十周年时，我从田径队选了六十个孩子，举着六十面国旗绕鞍山跑一圈。三十多公里，每个人脸上都贴着国旗，警车开道，鞍山市大街小巷都跑过，我们不走回头路，走不同的路，六十面国旗呼啦啦飘扬，因为我们骄傲！

最"风光"的体育老师——柏剑，他不仅是 2008 年奥运会在英国伦敦的奥运会火炬手，还是全国模范教师。做最好的体育教师，不是件容易的事，1995 年，柏剑大学毕业分配到鞍山市二中，义务承担了学校田径队的训练任务。他创建了自己的训练方法，所带运动员一次次刷新本校甚至省、市的中学生田径成绩，先后涌现出二十多名国家一级运动员，一百多名国家二级运动员。

从 2004 年北京国际马拉松比赛开始至今，运动员每届成绩都令人刮目相看。特别是 2005 年大连国际马拉松赛，他们获得女子马拉松接力第一名，男子接力第五名。当年还有一位以最小年龄参赛的小队员六岁的李曦，在北京以两小时零六分跑完二十一公里，在大连以二十三分二十八秒跑完小马拉松，并获第二十五名，被众多媒体称为"未来女刘翔"。

第一届体育教师基本功大赛，他选的是九节鞭，只有鞭影，不见人；第二届，他选的是舞蹈，民族舞蹈，与另一个老师合作表演《梁祝》，大家都很吃惊。他参加市教育局教工艺术团，教师节大型活动全组织教师们表演节目，走到哪儿都给大家带去欢乐，没有他，大家都觉得没意思。

在柏剑老师临去英国参加奥运会火炬接力前，二中师生们为柏剑举行隆重的欢送仪式。一份特殊的礼物——同学们写满祝福话语的千纸鹤被放进一个大大的玻璃瓶里，捧着校长递过来的礼物，柏剑努力克制着自己的情感，他自己也是在二中一点一点成长起来的：二中就是他在鞍山的家。他很骄傲地说：校长、同事，都跟家人一样，在二中，没有我打不开的门。

我不愿做红烛，不愿在苦苦地传递光明和热量之后化为灰烬。我要做太阳！在光照万物、温暖万物的同时，也辉煌我自己。

虽然我没有结婚，可是我知道爱是孩子成长的空气、阳光、土壤。尤其，对于贫困孩子来说，这份来自社会的关爱会成为他们健康成长的源泉；同时，我以为体会到充满爱的道路之所以美丽，是因为它融入了付出者的追求、恒心与毅力。我庆幸，在付出中得到了人生最应该拥有的东西—— 一份对教育事业的热爱与执着！

——柏剑

Dad's Marathon

爸爸的马拉松

中国好爸爸 | 柏剑

The **3** chapter

第三章
全家总动员

每一个汉字都是我的故乡

　　孩子们最需要的是一个温暖的家，这就是我想给孩子们的。没有家人，没有家，就没有根。有吃有喝，不是最重要的，流动的家和孤儿院都不一样，尽管条件有限，可是这里有一个家。

　　我的力量的来源？

　　我的家人。

　　我最困难时，大哥说：没事，不行咱家还有地呢！大哥听说我要带孩子回老家去集训，特意花三四万做彩钢房，为孩子们建宿舍。

　　家的概念再大一点，天下原本一大家。人人都需要一个家，一个孩子更需要一个家。

　　就从我开始。

01 | 父母大人在上——父亲柏福延

柏剑小时，就活泼，六岁上学，对什么都好奇，什么他都动手去试试。所有的玩具，都是他自己做的，能玩出花来：用自行车链条编鸟笼子，用荆条编"鱼嘘啦"，设计弹弓子，用柳树枝扭个柳笛……

他老叔写对联，他都要跑去研墨。

我们屯里讲究节气，农历一年之中有二十四个节气。每个节气会有什么样的气候变化，那是一定的，在对联中，以节气为题材的很多，很出彩，有一个绝对：

昨夜大寒，霜降茅屋如小雪；

今朝惊蛰，春分时雨到清明。

联中都嵌有三个节气，对得十分工整，当时为了对出下联，柏剑把所有的节气都写下来，每个节气的时间、气候特征……这孩子东问西问，天文地理，什么都通了，对联也对出来了，我能够教给他的也就这些。

从赵屯到兴城到葫芦岛到锦州到沈阳，他上学的所有日子里，我都对他充满信心。

柏剑，他从小就很刻苦，每天跑着上学，小学离家三里地，初中离

家十二里地，大学离家一百五十多公里，工作后离家三百多公里，他还去了非洲、欧洲。他要周游世界，我不担心，多出去开眼界，还能增加智慧。

井底之蛙，就看到一圈天，我希望他看到更开阔的天空，走远也不怕。

路得自己走，我们能支持他什么？就为他多念好儿。

柏剑到鞍山二中工作的第二年，我就来了；柏剑去沈阳读研究生，家里还有孩子们，还有花有鸟有鱼，我来帮着照顾点，在学校传达室干了五年。我这两年身体不太好，他负担挺重。

他现在不让我做什么，每次把椅子摆我面前说"父母大人在上"时，我心头都会一热：在四五十个孩子面前，他是老大；在我心里，他还是那个小小子，老疙瘩。

--------------------- 访谈手记 ---------------------

坐在柏剑老师旁边的老父亲不是一个爱讲大道理的人，老父亲直接就是行动。

柏剑父亲是第一个到鞍山来帮助柏剑的人，旧货市场买了一辆二手自行车，自己改装成电动车，每天早晨骑电动车帮柏剑送孩子们上学，孩子们多，去不同的学校上学。一早晨要送好几个地方，晚上再去不同的学校分别把孩子们接回家。

每天买菜、做饭，一切都在老人掌握中。他知道柏剑忙，除了学校的本职工作，还要负责田径队的训练，还有自家这群孩子们的学习训练，每天忙得不可开交。

陪着孩子们一起上国学课，老父亲全神贯注。

父亲豁达的胸怀和一个父亲能够做到的一切，给柏剑老师带来的不仅仅是支持，更是一个为父者的风范。

老人要宣扬家风，父母要示范家风，夫妻要掌舵家风，子女要继承家风，孙辈要顺受家风，兄弟姐妹要竞比家风，老父亲的总结，让我们心生敬畏。

走圈的"总教练"——母亲肖九彩

有人说柏剑有毛病，收养照顾几十个孩子不自量力，比较"二"。不是他有毛病，是他娘我有毛病。

柏剑他小时候磨人，爱哭，没眼泪，干打雷不下雨的主儿。家里他最小，大家都哄着他玩。我从没给他买过玩具，都是他自己制造，玩石头，摔泥娃娃，扔石头打瓦，捉迷藏。冬天在女儿河上滑冰，一出溜，挺远，冰车都是他自己做的，棉裤湿了，拿火堆上自己去烤。

小学时，他就喜欢把同学都带家来，咱家房子大，一来一大屋子，实在亲戚。六岁他自己坐火车去天津，啥地方都不惧。在天津，去帮爷爷打酱油，爷爷也不担心他会走丢，爷爷就喜欢他的机灵劲儿。

在屯子里走墙头爬房子，整天在山里东跑西蹿，他淘气但不惹事儿。他从没有补过课，放学后书本他瞅都不瞅，他的作业在学校都完成了，脑子也好使，记住了就不忘。

谁家的饭他都能吃上，他帮人扫院子，看到有脏水就帮人家把脏水倒了，谁家的事都跟是自家的一样。

他在后院挖三个大坑，又到河里运沙子，垫沙坑，跳。腿上还绑着沙袋，那沙袋也是他自己缝的，手巧，织袜子，比他姐织得好。

自己洗衣服，洗得干干净净的，自个叠好压在枕头下面。

有一次看到缝好的床罩褥单，我问他：谁给你缝的？

儿子柏剑很得意：你还不知道你儿子的实力？

孩子什么根性，做妈的是有信心的。他收养那些孩子，他也累，开始还怕我不同意，瞒着我。心善能感天感地，往下走吧，妈支持，干到啥时候都行。孩子行善，做老的，更要做到位。

我走的是老路，讲老理、正道，给老人尽孝是责任。人留后事好防老，草留后事来年春。

从小我就嘱咐他：要忍要让，占便宜不好，吃苦受累都是福；别人的东西，怎么喜欢，咱都不拿；你照我说的去做，不跑偏，不会犯错，能让就让，你不让谁让。他和老师同学友好，他大学同学都哥兄弟一样，都叫我老妈。

一个"人"字怎么写的，写好"人"字难，做好人更难。

他每天啥时候回来，我啥时候睡觉，他长多大，我都惦记着。我为啥让他多念书，把我的份儿也带出来。我小时候家里困难，早早就退学种地啦。

孩子们都很懂事：二姑和奶奶辛苦了。

有这句话我们就知足了，老太太看地图，才一角呢。

什么样的火焰山，都得过，孙猴子九九八十一难，不都过来了吗？取得真经不是容易的事。

两馆拆迁，没水没电，冬天，冷啊，孩子们挤在一起取暖。不也挺过来了吗。

多帮几个孩子，就是普度众生，念经不如讲经，讲经不如照着做，自己本是一尊佛，大家都忘记了，外求无门呢。

街坊老姐妹问：满家的孩子，你不嫌闹得慌？

孩子多热闹，你们不知道我这些开心是怎么来的。

那姐妹六十多岁，还没有我这七十五岁的人精神，就是因为老不开心，体内的毒素淤积，大病小病缠身。

谁也没法跟我比。我从小柴草山上砍柴，放牧四十多头牛，爬山，一天走两遍，小布袋随身带着采中草药；雨过后，还可以采花菇、松蘑、红蘑，一家人的开心晚餐。我能上树，蹿天杨，树皮滑；砍柴我比谁都砍得多，要不怎么过日子？我从不为柴米发愁，大山里长大，我什么都自己解决。柏剑小时候跟我爬树，树皮把小肚皮刮开口，嚼点草药汁涂巴涂巴就好了。

一辈一辈的，咱都没有做过坏事。柏剑在河里捉一个小乌龟，我让他放了，那是河里的，不是咱家的。

过年前，柏剑要给我买件新衣服，被我说了一顿，现在见钱不见物，一百块钱能买多少菜？买不了多少。做娘的不舍得花钱，身上不露着就行。文化深，在肚里，不在于穿什么，啥也不抵一身文化，钱留在学习上更妥当。没有苦中苦，哪来甜中甜。

这段时间每天的传统文化课，对孩子们有很大帮助，每个孩子都是棵小苗，长枝杈的时候，孩子不好管，别嫌娘磨叨，慢慢来。你看最近的课后讨论分享，孩子们的体会多真切！尊老敬幼，大的带小的，孩子们高兴，柏剑压力也小多了。

我最担心的还是他的身体，这一天到晚不得休息，精力是有数的，太操劳，他从没说过他挺不住了，能看出来。现在有新家了，大家都集中到一起住，不用分头接送了，他一直也没混上床，一直睡在六个板凳上，现在好了，能睡上床了。

他每天三点半起床，带孩子们训练。冬天天不亮，我跟他们车一起去训练场地，坐在副驾驶，图的就是帮他看道儿。

我每天在操场走圈儿，也合计：孩子们将来都往哪儿去，会走什么样的路，要是都出息了，跑得更远，怎么能让孩子们更自觉，保护自己……

这么多年，儿子在哪儿，我就在哪儿。柏剑带孩子们去上海、北京、大连、沈阳打比赛，跑马拉松，我都在现场，帮孩子们看着衣服、背包、鞋子什么的，鼓励孩子们。

有老娘在，我得给他助助胆量。

访谈手记

从六十一岁到七十五岁，十四年，柏剑母亲从葫芦岛到鞍山，帮助他给孩子们做饭、洗衣服，从十多个孩子到四五十个孩子，每一个孩子都在奶奶的关照下一天天长大。

没有你们，我到哪儿拜佛去。

望着年迈的父母，柏剑老师感慨万千。他经常给母亲洗脚，只有他心里知道，母亲给予他的何止是生命。

人这一辈子，短短几十年，应做点有意义的事；下辈子太远，所以这辈子一定要对亲人朋友好一点。

墙上一排沉甸甸的奖牌，在奖牌上面还用红绳系着一棵大葱，春节，大年三十挂上去的，是柏母的命令。大葱，那上面有对孩子们的祝福：年年聪明。

在科技大学的训练场地，正月初五，风还是硬，柏剑老师带着孩子们开始四十圈的长跑训练。母亲在最外圈，一圈一圈地走，老人家的红外套像一团火，奔跑的孩子们每次经过奶奶身边，不知道他们会想到什么。

02 | 我的兄弟姐妹

　　厨房，那是我的地盘。

　　电视、报纸媒体报道柏剑之前，我们不也是默默地干吗？大家都不知道的之前呢？我也就是疼我妈我爸，过来帮他，要不让傻小子自己蹦跶去吧。

　　我妈老厉害了，谁敢惹她？她说的就是命令，我们姐儿几个都二话不说，来帮柏剑。我没有那么高尚，撇家舍业来帮柏剑。前五年，我是不乐意干的，天天唠叨，我之前在天津是做买卖的，来给这一家大小几十号人做饭，我能干？

孩子们都很可爱，二姑长二姑短的，我也是走不了了。一大家子，父母都七十多岁，这是责任。

柏剑呀，惹我高兴的事儿有，惹我不高兴的事儿也有。他考上大学，我肯定是高兴，全家、全村、全乡都为他高兴，大家敲锣打鼓，出个大学生，那是大事儿。现在，他还没成家，我着急啊，如果成个家，一家三口，能那么累吗？

这么个大家，谁忍心让他一个人扛着？带孩子训练、学习，他还要上班工作，吃喝拉撒睡，我们也就是能做什么做什么。

我很少零买东西，我总是去批发，牙膏、洗衣粉日常用品都是成箱买；大米，一买就是百八十袋；蔬菜、水果，我不挑好看的，只买健康的，纯绿色。我与卖菜的人商量，千万别抹药，我有四十多个孩子，菜、

水果都要自然成熟的。

每天一日三餐，现在全是我一个人，早六点、中午十二点、晚上六点，都是准点开饭，孩子们运动量大，我经常熬大骨头汤、鸡汤，以前订鲜羊奶，也有豆浆，水果汤水搭配不上火。等孩子们都上学去了，我就擦地、打扫卫生，买菜、择菜、做饭。那墙上的制度是我写的，规定好，我很厉害，孩子们也都给我面子。柏剑，宠孩子，不让我批评孩子。

我最发怵的事儿就是给他交代每个月的开销，水费、电费、煤气费、大米白面、蔬菜水果，账本上我每天都记录清楚，可是累计一个月的各类发票单据，厚厚的一大摞，每个月的花销都会超出预算。

柏剑还安慰我：姐，没事，你只管买好的，把账记好就行，该买的还是买，钱不够问我要！

他又不是开银行的，他要是手里没钱，跟谁要啊。

每次看到他独自坐在房间里发呆，我就知道他遇到难事儿了，抚养这么多孩子的压力他必须默默承受。

他是领导，我得好好干，平时见不着影，他忙，不知道国务院是不是也像他这么忙。他就不是正常人，每天三点半起床，接孩子们训练。

我是从 2005 年，从天津过来帮他，到现在，九年了，兄弟姐妹之间，他最小，我们都帮着，家里的老规矩。我爷我奶就那样，爷爷就是啥都给别人，自己从不贪，当挺大的干部，没为儿孙们争取过什么。

鲁雪和小恩惠把剥好的瓜子仁捧给我，我忍不住亲孩子一下。以前我总嫌孩子闹，现在越来越喜欢孩子，每个都跟小精灵一样。

我现在变化大了，整个就不是我啦。

每餐最后一个吃饭的人，是二姐。

每天琢磨着给孩子们改善伙食、补充营养，是二姐的主要任务。孩子们一天两次训练，体力消耗大，尽管二姐自己偏向素食，孩子们的餐盘里还是荤素搭配。每个孩子的饮食习惯和身体需求不一样，二姐还适当将红枣水、山楂水、豆浆、牛奶花样补充。

中国古代讲求仁义，有"君子远庖厨"的典故。"远庖厨"坐享其成，谁都愿意，可是，总得有人捉刀，厨房的"粗活儿"，五谷六畜可以果腹的一切都需要二姐烹制成美味。

在所有家用电器中，二姐最喜欢的就是洗衣机，每天晚上二姐在孩子们睡后洗衣服，孩子们冬天的大棉袄要先用刷子刷，再使劲搓洗，手很容易干裂。

二姐还负责特别照顾上小学的孩子，八九岁的柏和、柏平，二姐还给洗脸，给那几个小的女孩梳头，每个都收拾得干干净净的。柏剑给孩子们的压岁钱，孩子们转身就交给了二姑，柏和说：二姑走哪儿，我们就跟二姑走哪儿。

孩子们依赖二姑，吃喝拉撒睡，都有二姑在身边，跟妈妈有什么两样？！

另类守望者

20 14 02 17 09 09 01——

这是我买的一注体育彩票。

卖彩票的人是三姐。

三姐说：九月初九，是小弟柏剑的生日。

他从小就是个另类，每天放学，他都是从山里树林里走出来，他从不正常从上学路山回来。淘气，跟我们闹起来，我爸就追着要削他，那哪能追得上他，他满山转圈跑。

那时候家里都是大的带小的，一个带一个，自由童年。

大姐在南方做生意，大哥在老家种地，我和二姐在这儿帮他带孩子，有钱的出钱，有力的出力。

我们家家教严，柏剑从不骂人。

在农村，家里有两兄弟的都会分家，一草一木都争。我家，我哥也不争，我弟也不争，哥儿俩都让着对方。我爸做小买卖积攒了点家产，家族老人让把这程序写清，小弟柏剑说：房子、钱我什么都不要，我在鞍山有一席之地，我会把爸妈接过去。

柏剑孝顺父母，从不伤父母的心，不论到哪里，我小弟都会带着我妈，一起出发。他不太舍得为自己买什么，为父母买，为孩子们买，他比谁都想得周全。

我们家从没有在钱上分你的我的，我们兄弟姊妹五个，家风家教保证了我们一家人始终都团在一起。我爷爷上的是私塾，家族私塾，老一辈，做个黏豆包，大小都很讲究。家里事事都有规矩，我爸我叔从小都受传统影响很大，家里男儿都心存正气。

他十多岁时，救落水小孩——河套因无节制挖沙，深浅不一，他自己并不怎么会游泳。

热心肠，爱帮助人，我妈在咱老家声望很高。咱那个屯里，有困难残疾的家庭，我妈都会去帮，给失明的老人送吃的，照顾前后自家少吃一口，就能帮到别人，瓜子不饱也暖人心。父母的言传身教让我们都很自觉。

他很自立，在锦州上大学时，他勤工俭学，自己解决吃住问题。开饭店，哪有经验，他跟我商量，让我来帮忙。他人缘好，我们也看不到他伤心的那面。

开冷面店，冷面店都吃拌菜。大冬天，谁吃冷面呀，看着心里都哇凉哇凉的，饭店生意不太好。为了留住顾客，不会做的菜，就到别的店去买，比如，锅包肉——我们哪会做呀。

我也买彩票，觉得是一种快乐消费，买了，就有一份期待。买彩票，

心态要平和。我是从 2008 年开始的，七年啦，卖彩票。开始不太情愿，一天二十四小时，除了睡觉，去早市买点菜，全天都在这彩票站里待着，什么地方也没去过。

我得守在这儿，对彩民负责，人家满怀期待地来，我锁门走了，白来一趟，多不好。我在丽山时，每天七点半就开门，一直到晚上十点半，收拾完，就近十二点了。

有时，也会有顾客在这儿研究彩票，大多数时间我一个人，我有时会劝彩民慎重选择，生意是生意，不能把买彩票当成发家致富的手段，痴迷进去就不太合适了。

咱家只有体彩，有的彩民在别家买完福彩，又特意到咱家买体彩，这让我很感动。

我打错了号，人家彩民还安慰我：没事没事儿。人家不让我赔，三十多元的号，幸亏我打错的号中奖了，我内疚之心才平静下来。

我到鞍山十三年了，刚来时搞社区卫生，每个月六七百块钱也都给孩子们做生活费了，来到学校传达室，收发信报，月收入高了，一千多，能帮多少帮多少。两年后就管理彩票站了。这个彩票站是地方政府奖励给柏剑的，鞍山奥运火炬手柏剑在文化节上当选辽宁体彩"公益之星"，成为辽宁体彩中心唯一的形象代言人。有了彩票站的收入支撑孩子们的日常生活，这个大家庭的生活才稍微宽松些。

早晨、中午、晚上，一日三餐，二姐没来前我还负责给孩子们做饭，之前分三个地方吃住，租了三个地方，现在大家总算住到一起了。

我们都是帮他，大的决策性的事儿都是他自己解决，天天要花钱，天天要吃饭，不管多难，他都自己扛着，还乐呵呵地面对。

大年三十的晚上，我得将鞭炮清扫干净，环卫保洁那四个年头，每年三十与大年初一相交接的黎明，我都在挥舞着扫帚，清扫新年狂欢的烟花鞭炮的碎屑，我需要交给白天一条条干净的道路。

边边旯旯我都清理干净，社区的老太太老太爷都对我好，将心比心，我很安慰。也有人请我到家里做保洁，虽然累，因那份信任，也值得。

我替他担心，大家庭的房子，虽说周立波老师帮租了十年的房子，要是有个固定的家，就更好了。

　　最头痛的事就是搬家。两馆的投入很多，一百多万，最后提前拆迁，都打水漂了。租房子不是长久之计，还是希望柏剑早日能够有个固定的家。

　　一天没有人替我。

　　二姐原本是最幸福的一个人，二姐夫都不舍得让二姐到鞍山来，她是最挨累的一个。

　　二姐要强。

　　大姐性格憨厚，她每天忙里偷闲刺绣，家里蒙被垛的绣品，全是大姐一针一线绣出的。

　　对于柏剑收养孩子们，开始我不太理解，咱又不是家财万贯，去养活别人家的孩子，咱何必呢？有一次我很受感动，过年时，他会准备东西去探望孩子的家人，我跟着去啦，有个孩子的父亲双目失明，重病不能自理，孩子母亲养狗维持病人的医药费，我认为我小弟做得对，不伸手拉一把，孩子肯定是失学。

　　现在孩子上大学了，放假回来抱住我：姑啊——

　　我只有感动的心了，我伺候过的考出去的孩子也十六七个啦。

　　我小弟，我帮，没有话说，你姐夫挣的钱也都帮进去，你姐夫二话不说地帮让我心存感动，有私心的话是融合不到一起的。

第一个从老家出来帮着柏剑的人，是三姐，在柏剑上的锦州师范学院（现渤海大学）对面，为了勤工俭学，两个小孩开饭店。柏剑十九岁，三姐二十一岁。

每天在大墙上填写数字的人开始研究数字，三姐也会用生日、纪念日、节假日的数字编码，买一张彩票。柏剑不知道三姐的心愿梦想，三姐夫说：我坚持三年买体彩，如果中大奖，给柏剑和孩子们建一个标准的训练基地，

我帮他带孩子，让他赶紧谈对象、四十好几的人啦。

三姐夫说：柏剑是个行动者，帮助孩子们，他做了那么多年，都是家人，能不支持嘛！

每打出一张彩票，机器里会有一个声音响起"祝你好运"。三姐，是送出祝福最多的人。

幸运千万家。

南方也有嘉木，只希望在姐姐奔走的的路上有更多的阴凉。

China good father
BAI JIAN

073

一个哥三个姐，大哥坚守老家"根"据地，在赵屯种地，给柏剑大家庭补给粮食；大姐从东北到东南，漂泊到苏州，做买卖负责挣钱；二姐负责做饭；三姐负责彩票站，所有的家人都在为柏剑特殊大家庭默默地坚持着。有人说"柏剑你挺伟大的"，柏剑摇摇头：我的父母和家人才是真正伟大的。

他是发自肺腑的。

我姓柏，柏树的柏，有根族。

——柏剑

Dad's Marathon

爸爸的马拉松

中国好爸爸——柏剑

The **4** chapter

第四章

老爸，加油！

天

　　躺在大地上的时候，我常仰望天空，天上的太阳给我们温暖和光明，月亮带来诗词歌赋，星星带来希望，风带着我们飘荡，雨滋润我们的心田，雷电让我们警醒，鹅毛大雪带来奇迹……

　　坐看云起，我们不能改变天气，就改变心情。

　　天道公平。

　　我们有天性、天赋、天才，其实我们已经拥有一切了，这也是我们能够拥有的最好的东西，我们得好好珍惜。

　　甲骨文和金文中的"天"，是一个脑袋被着重画出的小人，本义为"头"，后引申为"天"。

　　人的头顶上，就是天。

　　天空、天际、天时、天籁、天气、天堑、天然、天性、天职、天才天伦之乐、天灵盖、天宇、天日、天角、天罡、天弩、天马、天功、天打雷劈、天佑、天堂、巧夺天工、天性如此、天衣无缝、文章天成、天差地远、天长地久、天地良心、天方夜谭、天各一方、天禀、天道、天地山川、天资、天赋、天干、冬天、夏天、秋天、春天、今天、明天、后天……

天下无双、天下无敌、天长日久、天罗地网、天昏地暗、天南地北、天高地厚、天旋地转、天崩地裂、天寒地冻、天翻地覆、天经地义、天理难容、天涯海角、天道酬勤、天真烂漫、漫天遍野、天时地利、天马行空、天之骄子、海阔天空……

望着天空，如数家珍，孩子们对天上的事物了如指掌，连天都能读懂的孩子，难道还会读不懂小学课本、初中课本、高中课本？

天将降大任，他们担当。

天生我材必有用！

天下为公。

01 | 带孩子们读研

其实我就是孩子们中的一个，只是年龄比他们大一些，提前经历他们即将要经历的事物而已。缩短我们之间的距离，很重要，与孩子们的心灵之间零距离，才可能默契和一起成长。

学体育的孩子，往往成绩不太好，很多人都抱有这样的偏见，很多孩子就是这样被暗示的，再加上天性好玩，指望特长，文化课学习自然就不是很上心，成绩当然是上不去了。四肢发达，体魄康健，大脑应该更灵光才合理，我想我完全可以自己证明给孩子们看。

读研，本身我就很需要也很喜欢，体育人文社会学、运动人体科学、体育教育训练学、民族传统体育学，都是我想研究的。其实，我小的时候就是个"研究员"了，最早对玩具的制作和发明都是纯研究出来的。在二中时，我的田径队不断扩大，人员增多，孩子们的体育天赋需要更完美地开发，"做最好的体育老师"，不能停留在愿望的分上。考研，一念之下，努努力，考上了。

没有不可能的事儿，孩子们需要有一个在他们学习之前学习、在他们考试之前考试的父母，父母的自身行动比天天说教有效一万倍。孩子们就在你身边，让孩子们看着父母成长，才是硬道理。就连马拉松比赛，我也是跟孩子们站在同一起跑线上，四十多公里，第一次跑的孩子内心一定有惧怕，我每次都跑在他们前面，"老爸都能跑，你们有什么怕的。"

我在沈阳读研究生的时候，开车把孩子们都带到沈阳，每天除了上研究生的课，还按照常规带孩子们训练，孩子们也经常到研究生的课堂"陪读"，提前体验研究生的生活。在沈阳，孩子们的训练空间变了，他们的心灵空间又开阔了。我的孩子们大部分来自农村，在鞍山是一份开阔；在省城又是另外的开阔；后来我带孩子们到北京集训，到全国各地打比赛，参加国际马拉松赛，孩子们走出来，面对的世界越来越开阔，他们的未来将四通八达。

朱宏伟，在西安交大读大二的女儿，春节回来跟我说，她想考研究生。好！老爸支持。

我所有的努力，就是为了让孩子们有更强大的灵魂和气魄，在更大的舞台上施展自己的才华，实现自己的生命价值。

从我这大家庭走出的孩子，多有才我不能保证，做人一定没问题。

家有七仙女

朱宏伟、孙书诗、崔叶群、周佳杰、朱莹鸣、耿艳莹、赵男男，我的女儿们，她们都不是踩着云彩来的。

每一个孩子的到来，都走了一段曲折的路途，和妈妈相依为命的朱宏伟在上小学三年级时因妈妈失去工作能力而退学，2000年1月寒风刺骨，我把朱宏伟带回家。我父亲看着瑟瑟发抖的孩子，什么话也没说，给孩子端过来热乎饭菜，从此孩子安心学习和训练。孩子的母亲说是外出打工，结果十多年杳无音信。父母离异后和姥姥住在一起的孙书诗，不幸又面临姥姥患上了白血病，姥姥知道自己将不久于人世，在2003年的一天，四处打听来到二中找到我，哭着要求要把外孙女交给我抚养，老人的托付我怎么能拒绝：有我在一天，就不会让您外孙女受任何委屈。朱莹鸣是跟着父亲从山东打工到的鞍山，拖着病体的父亲东一天西一天打工，工作没有任何保障，生活窘迫，又一个退学的命运降临。2002年住进柏家，朱莹鸣说要是没有这个大家庭，她指不定在哪儿流浪呢。靠爷爷支撑家庭生活的周佳杰，在爷爷去世后就衣食无着落，2002年走进柏家大家庭。和哥哥相依为命的女孩赵男男，从小就喜欢体育，小学三年级加入了学校田径队。2002年哥哥在工地干活被掉下的重物砸到了头部，由于失血过多抢救无效身亡，十三岁的赵男男成了孤儿…… 遇到耿艳莹时，她正在鞍山站前乞讨，患有肺癌的奶奶在她上小学三年级的时候，奶奶病情突然加重卧床不起，不久便离开了人世。我帮她为奶奶处理完后事，把无依无靠的耿艳莹领回了家。我家的孩子多，有二十多个，她们相互有个伴儿。

孩子们中有辽宁的、山东的、安徽的、内蒙古的、广西的、黑龙江的……失学，成了她们的集体无意识，每个孩子承受的苦难远远不止这些，我听说了，我看见了，我遇到了，我不能袖手旁观，我能立刻马上做到的就是，先想办法让孩子上学。我的家很小，我已经收养的儿子们把家住满了，再租一个房子，床铺搭成上下两层，有母亲和姐姐帮助照顾我的"仙女们"，我每天睡在凳子上，都很踏实。

十年，不是一觉醒来，就能到达的，孩子们在这个大家庭一起生活将近十年，我的"仙女们"也不是每天腾云驾雾、喝点露水就活着的主儿，她们都脚踏实地，每天早晨四点跟我在操场跑步训练，风雨不误。孩子们都很珍惜自己现在拥有的生活，她们在学习和训练上都很自觉。朱宏伟，全国中学生八百米冠军，那是拼命拼出来的，跑步跑得脚趾甲都脱落了，膝盖积液，在医院治疗时，她硬是忍着不吭一声，让我很心疼。

谁不想去清华北大？朱宏伟放弃了，她选择了西安交大。这是我最为遗憾的事儿，她考大学那年我正好投资整修两馆，刚搬进去八个月又面临动迁，我欠了一屁股外债，压力太大。女儿懂事，她为自己的选择讲了很多理由，其实是因为西安消费低，省钱呢。我身上穿的这件棉袄就是这个女儿买的——打比赛赢得的奖金，给我买了一套衣服。女儿特别能体谅人，今年还在学校图书馆勤工俭学，今年上大二了，初六开始集训，她今年要参加全国大学生运动会。

另外的仙女们也在不同的大学就读，辽师大、哈尔滨师范学院、沈

师大、鞍师大……她们的翅膀都长好了，可以飞翔了。

你看这墙上的十字绣，都是"七仙女"绣的。

我很支持女儿们休闲时绣十字绣，最起码可培养她们的耐心，看到她们很专注地一格一格地缝针，错了，又拆，对比色线，还争论个不休：十字绣到底是国外传来的还是中国民族工艺。她们扎着手指的时候也有，厌倦的时候都有过，幸亏女儿多，大家彼此鼓劲儿。七个女儿，今天你绣一行明天她绣两行，时间久了，一个"家"字绣成，一个"和"字修成，一个字接着一个字，那份小成就感激励着孩子们，她们开始玩出门道来了。她们在飞针走线时很有淑女风范，很快"家和万事兴"就绣成一幅作品。每次有客人来，我都会隆重地介绍我女儿们挂在墙上的"大作"，大声的、小声的、无言的夸奖都会给孩子们带来喜悦和骄傲。

为了证明十字绣源出中国，一个女儿找到了唐代时期敦煌壁画中人物服饰中的"云肩"，她还证明"云肩"在隋、唐、元等时期，皇宫里

就有使用，一直到公元 14 世纪，十字绣才从中国经由土耳其传到意大利，然后在欧洲遍地开花。孩子们能够寻根究源，这让我更加开心。

孩子们不仅让我开心，更让我感动。很多年前，有一次训练课上，下午本来正常训练，有两个女儿来请假，被我狠狠批评了一顿，以为她们找理由躲避训练，女儿们什么也没有解释。等晚上回家，我一进屋，眼睛就被孩子们捂上了，桌子中间摆着一个心形的大米蛋糕。

孩子们用大米饭蒸了一个心形的"蛋糕"，为我的生日。看着大米粒书写的每一个孩子的名字，我心里直发酸，刚开始的那些年家里确实困难，我的工资和训练补助加一起都不够二十多个孩子的日常开销，我为了让孩子吃饱穿暖，卖过盒饭、手机，也在夜市里摆地摊卖过袜子……

尽管生活艰苦，孩子们都仪表整洁大方，心怀美好。我们每个周六周日野营一次，不在家圈着：夏天游泳，冬天去滑雪；就是在家的每一餐前，我们还有叮叮当当饭桌游戏。为孩子们造就一个阳光的生长环境，让每一个孩子心里都洋溢着温暖、自信、乐观，这是我必须争取的。

在成长中，我对女儿们的要求更高一些，其实我希望她们多才多艺，并努力给大家创造这样的平台，董梅子喜欢舞蹈，我就送她去北京的舞蹈学院，我更希望她们离女孩子的本性更近，再过十几年，她们都会长大，将来她们都会成为母亲，我希望她们都能有一颗柔软的心灵，一个母亲可以改变一个家庭，一群母亲可以改变整个社会。

每一个母亲都应该完善自己的言行举止、性格爱好、胸怀品位，以身作则，育人解惑传道，要时刻意识到你影响的是一个孩子的一生，人生的启蒙尤为重要，除了点燃那些心灵的热望，更要照亮黑的夜，要具备融化坚冰的能量。所以每一个女性必须创造一个更为强大的自我。爱，其实更是智慧，博爱众生；爱，需要传递，母亲就在传递的转折处，至关重要。

母亲要赋予孩子对生活的爱，而不仅仅是活下来的愿望。大多数母

亲有能力给予乳汁，但只有少数的母亲除乳汁外还能给予蜂蜜。为了能给予蜂蜜，她不仅应该是一个好母亲，同时还应该是个幸福的人。

只有那些有能力爱的妇女，那些热爱丈夫、热爱其他孩子、热爱陌生人和人类的妇女才能成为真正爱孩子的母亲。

母亲不仅仅属于家庭，还属于世界。

世界和平、国泰民安都与母亲有关，母亲的肚腹就是一个宇宙，就是一个道场，如果不和谐，就有可能变成战场。从孕育一个孩子到抚养孩子长大成人，母亲的觉悟和成长才是最根本的保障。

推动摇篮的手，推动世界！

我的女儿们，我对她们充满信心。我家的"仙女"越来越多，目前有二十多个小仙女，孩子们从琴棋书画开始修为，孩子们写字，一笔一画，已经开始很有眉目……

搬家"游击队"

又是"集体活动"啊?

我经常听到孩子们"啊"后面的无奈,我们家有一项比较特殊的"集体活动"——搬家。

蚂蚁搬家,是因为天要下雨。我们搬家,是因为我们居住的房子不能够长大——我们的孩子们不断增加,从一个孩子到十个孩子,到二十多个孩子到四十多个孩子……

从二中教师宿舍到二中仓库到南山分校,到学校附近的六七处居民楼,环绕着二中附近,找到不远不近的出租房很难,怎么小心,都扰民。孩子们太多,又都活泼好动,天性如此,搬家成了我们的长项。

2009年中央电视台给我做了个专题片,借媒体的力量,给孩子们

落了户口，他们上学的问题才彻底解决。到 2010 年，孩子们在国际马拉松比赛中获得非常好的成绩，体育总局的领导建议我成立个马拉松俱乐部。回鞍山后，各方协调，我租了一个废弃的体育中心，咬着牙投资一百多万，改建装修得非常漂亮，揭牌挺风光的。我想做成第一个公益的马拉松俱乐部，能承办大型比赛的，那时一下来了五六十个孩子。过完年，突然接到拆迁通知，那块地被卖了，这属于不可抗力因素，也没有补偿。预先规划的马拉松比赛没有实现，那是最困难的时候。八十多个孩子走了很多，剩下的也送不走了。有的联系上家长，他们又养不起孩子。我又租了三处地方，孩子们分散住，非常艰难，熬了一年多。最困难的时候，更不能跟人讲，就是跑，一个人奔跑，转移压力。雨下得再大，总有晴天的时候，雨后还有彩虹，跑步、爬山，都是我独自解压的方式。

我带孩子们上《中国梦想秀》，就是希望通过这个舞台，在鞍山租到一个价格实惠一点的房子，能够让孩子们都住在一起。

一位宁夏的杨女士看"梦想秀"电视栏目被感动，将一处三百平方米的三层门市低价租给我们，拿着钥匙的那一刻，我流泪了。

《千山晚报》为我们的新家发了募集装修志愿者消息后，我在二中教过的一个学生，大学毕业了，他委托《晚报》转递来一万元钱尽一点绵薄之力，我非常感动。因为教过的学生太多了，我都记不清是哪个学生，希望有一天我还能够再帮到他。

对面的老楼群里的邻居周老爷子，今年八十一岁了，看报纸知道我们搬来了，一直关注着，从装修开始，就来了，说能帮点啥忙帮点啥……

装修期间，老年志愿者协会的李会长带来十多个人，最小的五十二岁，最大的七十岁，平均年龄五十五岁……他们说帮助人的锻炼形式是最好的。

在我们的新家，还有一个来自上海的荷兰小伙，他是上海一家公司的职员，是个中国通，这次是和上海的两位同事组团来到鞍山，除了想帮我们搬家出点力，另外还托本地机构为我们建立了一个公益网站，并负责今后网站所有的运营和维护费用。他说：我们的目的很简单，只是想让柏剑老师的故事让更多的人知道，传递正能量。

我有个"爱心本"，帮助过我们的人，我都记下来，希望有朝一日用我们的方式还报，并让孩子们永远怀有感恩之心：翟修亮先生捐赠两千元；杨燕捐赠两千元；星光志愿者程静从刚发的工资中取出一千元捐给孩子们；盛婷婷捐赠一千元；吴素芹女士捐赠五百元；常大哥捐赠五百元；邻居李大姐捐赠一百元；陈老太捐赠一百元；王健先生捐赠二百元……还有不知姓名的爱心人士直接将捐款打入了银行账号；还有沈伟先生将家中的学习桌、冰箱、电视等物品都打包送来；湖南省一位爱心人士给我邮寄来十箱辣椒制品特产；内蒙古的一位白先生辗转联系到了我，承诺每月给孩子们补贴一千元的生活费。还有的志愿者专门为我们绣了一幅十字绣，庆祝乔迁之喜；龙发装修公司连日来加班加点为新家装修。没有大家的支持，我和孩子们住在一起的梦想哪能这么快实现。

　　来我们新家的"装修工""打杂工"总数近四十人，他们都是爱心志愿者，从十八九岁的大学生，到四五十岁的企业高层，大家都"隐藏"了自己的名字，开开心心地当起了"打杂的"，帮着打扫卫生、搬梯子、递刷子……墙面刮了大白，地面铺了地板革，楼梯铺上红地毯。一层为洗漱和吃饭学习的地方，二楼为男生宿舍，三楼为女生宿舍。

　　四十来口人的大家庭要搬进新家，还真不是件容易的事儿。四十来口人，四十来张床，吃饭用的桌椅、必须用的家具，都让我犯愁。

　　现在住一起，我每天在路上来回跑的时间就能省下一个多小时，最重要的是，全家人能够在一起，这才是一家人哪！

　　在浙江卫视栏目组、周立波夫妇及"梦之蓝"公益等爱心企业的帮助下，我们在一个月的时间里完成了自己的梦想，租到一套大房子，我的四十二个孩子终于住在了一起，拥有了我们共同的家。去年11月19日，"梦之蓝"公益、浙江卫视栏目组及周立波夫妇来到鞍山，"梦之蓝"公益为我们捐赠了十万元梦想公益基金，同时还为我们的新家捐赠了生活用品。

在《中国梦想秀》的舞台，"追梦人"患白血病的倪明森、"菜刀老师"刘寅、正能量女孩"萌宝"欣欣都曾得到"梦之蓝"公益的捐助，我代表所有曾经被帮助过的人向《中国梦想秀》致敬，感谢"梦想大使"周立波和他的夫人，更感谢"梦之蓝"公益的万千担当。

水密码，这个名字起得好，水里蕴含了多少密码，自古就有人在解读，老子说：上善若水，水善利万物而不争。水无为而无不为，无形而无不行，处无为之事，行不言之教。在老子的眼中，水是无极之物，水滴可以穿石，以天下之至柔，驰骋天下之至坚。能够读懂水的人是大智慧者，"水密码"，能够为企业品牌如此命名者，更是智慧。拥有上善胸怀的人还有什么不能成就的呢？我代表孩子们向"水密码"爱心企业致谢，我们能够搬进梦想之家，有他们的一份心意，作为《中国梦想秀》节目组联系的爱心企业之一，"水密码"承诺支付了我们这所房子一年的房租，成全了我们全家人能住在一起的梦想。去年12月，"水密码"企业代表还携手浙江卫视《中国梦想秀》节目组共同来到鞍山，看望孩子们，还在鞍山帮我们采购了二十五袋大米和二十五桶食用油，还带来丹姿集团的日用品，我和孩子们真诚感谢，也祝福水密码越来越好，更祝水密码的员工越来越幸福！

—————————— 访谈手记 ——————————

"2011年8月爸爸创立了中国第一家公益的马拉松俱乐部，为了更多的贫困孩子，搭建了展示能力和寻找人生出路的平台。爸爸为了创建俱乐部，四处筹钱，花费一百二十多万元，把原本废弃的体育中心修缮成可以容纳一百多人吃饭、住宿、训练的大场所，我们也都有了宽敞的男、女生宿舍，原以为我们再也不用搬家了，可八个月之后，我们的家——'两馆'就被开发商重新开发了，给我们停水停电。3月的鞍山还很冷，从2012年3月至今已经九个多月，我们一直生活在无水无电无暖气的艰苦条件下，爸爸是一个非常阳光的人，一直告诉我们说，会有合理的解决办法的，可是今天拆扒的人把我们上下楼唯一的楼梯也扒了，我们只想有一个家……"

这是一个孩子的日记里写的，没有水，孩子们去学校抬水，手套都冻得粘到水桶上了……

因为"两馆"的意外，柏剑欠下了巨额外债，为了给孩子们一个温暖的家，柏剑只能迈步从头越。

因为没有足够大的房子，孩子们分住在三处，柏剑每天凌晨三点多就起床，把孩子接到一起，晨练后再聚在一起吃饭。因此很长时间以来，全家在一起做饭、吃饭一直是奢望。有一套大房子，

哪怕是租的就够了，这是柏剑在"梦想秀"上最大的愿望。

在《中国梦想秀》的现场，所有人都被柏剑的善举感动，主持人周立波几度哽咽：你从头到尾没有任何卑躬屈膝、乞求怜悯，你是以一种非常正能量的昂扬，让我们所有人求着想来帮助你，谢谢你们接受我们!

在装修"梦想之家"的四十多个志愿者中，来自河北的爱心人士婷婷是个售楼员，请假赶夜车来到鞍山，为每个孩子买了一套衣服、一副手套、一个耳包，看到二姐洗衣服手都皲裂了，还给大家庭添置了一台洗衣机。婷婷说：我相信爱心是会被接力的，明天还会有更多人关注柏剑老师，关注这些需要帮助的孩子。

02 | 改编游戏

传统"老鹰捉小鸡"的玩法是一只老鹰捉一群小鸡，我改编的游戏是将孩子们分成四组，四个老鹰，捉四群小鸡，每一群小鸡都危机四伏：怎么变化队形，怎么联合力量，怎么跑，怎么躲，孩子们的智慧和体力都会得到最大的挑战。那是真跑，可劲地跑，二十分钟的游戏，爆发力、速度都练出来了，比跑二十圈都管用。

贴膏药、丢手绢的游戏也可以改编。

创作游戏，要具备两个功能：一是强调集体参与，动手动脚更动脑；二是每个游戏要有信仰，敢于担当，游戏精神很重要。

体育课训练量大，孩子们受不了，家长有意见，训练减量，还达不到教纲里的要求。课的功能不能偏离，教无定法，贵在得法，改编游戏，适合孩子们的身心特点，孩子们都盼着上体育课。城市长大的孩子现在都不会玩了。

2008 年全国公开示范课，我在鞍山二中的示范课上实践了我的教改理念，国家教育司的领导也很感叹，既在游戏中完成体能体魄训练，又强化了心灵之间的信任和团队合作理念。

玩比训练更累。游戏中，大家更尽兴，使劲跑，放松地跑，在奔跑中，累；用腰带牵拉别人带跑，更累，都要用自己的毅力去坚持。

高难动作

　　足尖点地交替活动双侧踝关节，两手叉腰，注意，屈膝半蹲，足跟提起，反复三至五次，活动双侧膝关节，交替抬高和外展双下肢，活动髋关节，前后、左右弓箭步压腿、牵拉腿部肌肉和韧带——热身运动做不好，你不用指望能跑好，搓搓你们的手、脸和耳朵，风厉害着呢。

　　为什么写毛笔字前，我让你们研墨？那是热身运动！

　　呼吸，不张嘴也能呼吸，用鼻子吸气，微微呼气，跑时三步一呼吸，自己调整节奏，节省体力，吸气不深，呼气不足，奔跑时步子与呼吸不协调，容易喘粗气。

　　长跑需要的是耐力，而且要呼吸正确才不容易跑累，正确掌握跑步时的呼吸方法，是练好中长跑的关键，要想提高成绩，必须掌握跑步节奏以及节省体力。

保持头与肩的稳定。头要正对前方，不要前探；两眼注视前方；肩部适当放松，摆臂左右动作幅度不用太大。

"面条"，你再被小弟弟超越，就成面片啦！

我这些孩子们训练程度不一样，我对他们每一个的要求也不一样。

马拉松比赛，你不要以为很难，人人都可以参加，只要你想跑，你提前做好准备和适当的训练。

跑前准备合适的鞋子、运动服。

起跑后要力争抢占有利位置，鸣枪后立即跑出，应向跑道的内沿切线方向跑去，这样一个弯道会少跑三米多。适时加速、拉开，人多拥挤时可适当减速和换位。

提高速度有三招：增加步频；增大步幅；既增加步频又增大步幅。记住呼吸是用鼻子吸气嘴呼气，这样才能防止口干胸闷。

最开始匀速跑，盲目的加速会浪费身体的能量。不让自己落在最后也不要太往前抢，在队伍的中间就可以。适当地调整自己的呼吸，跑前放松好自己的身体、自己的思想，那么呼吸会很容易；很紧张的话，需要想想开心的事情。跑到一定的时候，身体就会很累很渴，这就是长跑的难点，考验你的耐力，坚持跑下去，做最后的冲刺。跑后身体会虚脱，慢慢地停下，漫步几百米，再做一些力所能及的腰、腹、腿、臂的放松活动。跑完后不要马上喝水、吃东西。

你不仅能跑第一，你还可以成为一个"伟大的垫底者"。

奥林匹克的宗旨确实是更快、更高、更强，获得"最美的垫底者"荣誉的马拉松选手阿赫瓦里来自坦桑尼亚。1968 年 10 月 20 日，阿赫瓦里在墨西哥城参加奥运马拉松比赛，他在跑出不到十九公里后因碰撞而摔倒，膝盖受伤，肩部脱臼，但他并未就此退出，而是一瘸一拐地继续向终点跑去。颁奖仪式已经结束，马拉松沿途的服务站开始撤离，天色已黑，阿赫瓦里仍在坚定地跑着，因为他觉得，自己的比赛远未结束，他的膝盖不停流淌着鲜血，顶着满天星星，步入了专门为他打开灯光的阿兹特克体育场，一码一码蹭到了终点线。

他带伤坚持跑完了四十二点一九五公里，他说：我的祖国把我从七千公里外送到这里，不是让我开始比赛，而是要我完成比赛……

很有幸我和他在 2008 年北京奥运会上都是火炬传递手，4 月 6 号我在英国伦敦传递；4 月 13 号，在坦桑尼亚的海滨城市达累斯萨拉姆，七十岁的"老英雄"阿赫瓦里，手持祥云火炬跑了六十三米。北京奥运圣火经过他的传递，添加了新的意义。他的"永不言弃"，影响了一代又一代的马拉松运动员与普通人。

阿赫瓦里早已退役，他和他的家人生活在距离坦桑尼亚首都达累斯萨拉姆近八百公里的一个偏远小村庄里，过着简朴的生活。除务农外，他还经常会指导一些少年选手练习中长跑。

他说：我的祖国，还有许多人生活在贫困线以下。我对自己现在的生活很满意，我要尽力去帮助每一个人。

如果我在肯尼亚的国际训练基地建成，我一定邀请他做我们基地的总指导。我的非洲的女儿们，她们都曾被他感动过，马拉松比赛的意义被他一个人彻底完成。

每个专业每个行业，都有自己的难度极限，总有人能够超越那个极限，最高难的动作，不是难度指数有多高，而是你能坚持多久。坚持天天吃山珍海味一个月，坚持躺在床上一百天，坚持失眠一个星期，坚持屏住呼吸十分钟，你试试看，看似简单，你坚持下去，结果超乎想象；坚持跑，坚持跳，坚持飞，坚持唱，坚持写，坚持画，坚持想，坚持做，坚持爱……前途无量。

一百项全能

自己照顾孩子，自己想办法，什么办法都得想。

带孩子们专业训练，辅导孩子们的语文数学地理历史英语，给孩子们做饭教非洲孩子包饺子，给孩子们治疗扭伤、拉伤、头疼脑热，心理疏导，给孩子们剪头发织袜子缝扣子，设计运动服做，衣服上还有反光条，设计俱乐部的 logo，给孩子们上书法、传统文化课……

双语授课

你们知道狮子和羚羊的家教吗？

孩子们好奇地望着我，狮子和羚羊？家教？

非洲大草原上的狮子和羚羊，你们都认识，它们每天都在奔跑。

狮子妈在教育自己的孩子：孩子，你必须跑得再快一点，再快一点；你要是跑不过最慢的羚羊，你就会活活地饿死。

在另外一个场地上，羚羊妈妈也在教育自己的孩子：孩子，你必须跑得再快一点，再快一点；如果你不能比跑得最快的狮子还要快，那你就肯定会被他们吃掉。

记住，你跑得快，别人跑得更快。

在训练场地，我实行的是双语授课。反方向奔跑的是我的非洲女儿们，我的英语水平是在提醒和鼓励她们的过程中提高的。时间久了，女儿们很容易懂我意思，有的单词我还在琢磨的时候，她们就已经在点头了。教她们学习汉语，比我学习英语要难得多，那也得想办法教，我不能老给她们当翻译。我希望有一天孩子们能独立用汉语和大家交流，希望有一天她们可以成为中非之间的文化使者，如果有一天，她们跑不动了，至少她们还可以成为一名翻译。

每一个孩子的未来都很长远，我的教育是和他们的一生有关。

读懂唇语

我不是聋人，也不是哑人，更不是聋哑爱好者，在我请教如何学习唇语时，很多人都会很怪异地望着我。

我有个聋哑的女儿，董梅子。她曾经会说话，在她四岁之前，她是四岁之后因感冒发烧打针，药物中毒，双耳失聪。她曾经会说话，我得让她恢复她的声音。开始自卑的董梅了拒绝和其他孩子交流，别的孩子也不会手语，她常在人群外发呆。

读唇语，依靠

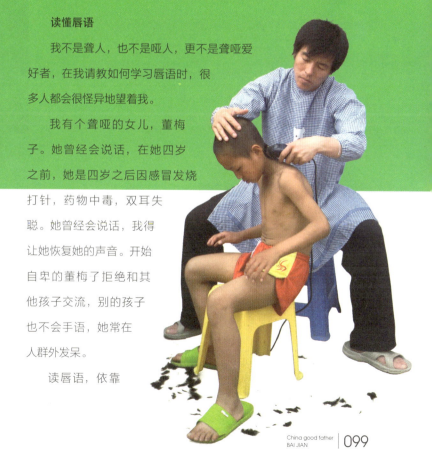

观察别人说话时嘴唇的细微变化，来解读别人说的话，这是很难的，目不转睛地盯着对方的口型"听"。需要注意力高度集中，我每天对着孩子耐心地讲话，极力让她"听"得懂。唇读一个人讲话容易理解，唇读一组人轮流讲话就比较困难。每次我们的家庭会议，我都要提前声明，轮到谁发言，要稍等一下再开口，要考虑到唇读的董梅子是否注意到发言者的开始。

当我两耳屏蔽声音，只看着对方"无声"说话，我一下子体会到董梅子内心的焦灼。卓别林默片时代的那些经典影片让我有了更新的感慨，为提高解读唇语的能力，我研究了心理学、动作学、表情学的一些经典书籍，让董梅子每说一个词语都要结合口型，分析口型，要观察别人说话时的嘴唇、眼神、说不同话时的不同表情，还要胆子大，不要躲避对方投来的目光，集中注意力，还要天天坚持。

"爸——爸——"当我听到董梅子清楚地喊出"爸爸"时，我赶紧背过身去，我的眼泪哗啦一下就涌出来了。

我为什么给柏和当翻译

美国知名主持人林克莱特有一天访问一名小朋友，问他说：你长大后想要做什么呀？

小朋友天真地回答：嗯……我要当飞机的驾驶员！

林克莱特接着问：如果有一天，你的飞机飞到太平洋上空所有引擎都熄火了，你会怎么办？

小朋友想了想：我会先告诉坐在飞机上的人绑好安全带，然后我挂上我的降落伞跳出去。

当在场的观众笑得东倒西歪时，林克莱特继续注视

着这孩子，想看他是不是自作聪明的家伙。没想到，接着孩子的两行热泪夺眶而出，这才使得林克莱特发觉这孩子的悲悯之心远非笔墨所能形容。于是林克莱特问他说：为什么你要这么做？

小孩的答案透露了他真挚的想法：我要去拿燃料，我还要回来！

这就是"听的艺术"，一是听话不要听一半；二是不要把自己的意思，投射到别人所说的话上头。要学会聆听，用心听，虚心听。

小柏和每次在传统文化课的体悟分享时，都会贴近我的耳边讲，他不是专门要跟我说悄悄话，他能主动站到大家面前开口讲话，就已经很了起了。他刚来我们大家庭时很胆小，总是躲在一个角落，他连厕所蹲便都不会使用，趴在上面玩水。

虽然他只能说一个一个的词，我把他的词再分解合成，讲出他要说的话。他的心声，需要倾听。柏和他关注地球，关注地球上的生命，他很了不起。我相信他将来会走遍地球。

"信、达、雅"，这原本是严复为翻译工作设立的至高境界，成长更要"信、达、雅"，诚恳信实，豁达优雅……

月老

别看我自己还没完成"结婚作业"，我给别人介绍对象成功率很高，前不久，我还促成了两个志愿者的婚姻。劝架，我行，我是很多人的知心大哥。同事要离婚，我从孩子的角度劝起，让他们之间绝对信任对方，结果两天后，两口子一起来，说再也不闹了。我还让离婚的又复婚。

世界上究竟哪一种运动项目最具有刺激性、挑战性，最能考验人的意志和体能呢？铁人三项？也就是游泳一点五公里加自行车四十公里再加跑步十公里；五项全能？比赛按击剑、游泳、射击、越野跑和马术的顺序在连续五天内赛完；十项全能比赛？比赛的运动员必须在两天内按顺序完成十项比赛，一百米跑、跳远、铅球、跳高、四百米跑、一百一十米跨栏、铁饼、撑竿跳高、标枪、一千五百米跑。三项铁人、五项全能、十项全能，这些对于体育老师柏剑来说，都是小菜一碟而已，"艰苦的""苛刻的"和"筋疲力尽的"的运动是收养孩子，柏剑坚持十八年，从一个孩子到七十多个孩子，目前，还没有谁能够和他站在同一起跑线上。

一百项全能，在面对柏剑老师的每一天，他的百项全能里都要增加几项，无所不能的一个人，凭的是什么样的精气神？

儿子王加桐去北京机场送柏

兰柏菊回肯尼亚，柏剑悄悄嘱咐，不能祝一路顺风哈。

柏剑说必须普及机场送客礼仪，为什么不能祝愿一路顺风。

飞机的起降与风向有直接的关系。在逆风中起降可以增加空速，使升力增加，飞机就能在较短的距离中完成起降动作。早期的飞机抵抗侧风的能力不够，为了保证飞机能在各种不同的风向下起降，大的机场往往修建两条方向交叉的跑道。现在飞机的增升能力及抗侧风的能力都大大加强了，所以新建的大机场通常只修建同一方向的平行跑道。这样的安排形式可以节约大量的用地。跑道的方向设计主要是根据当地一年中的主风向（百分之七十的风向）来确定的，这种设计能使飞机在使用该跑道的大部分时间内得到有利的风向。

机场至少有一条跑道，有的机场有好几条跑道。为了使驾驶员能准确地辨认跑道，每一条跑道都要有一个编号，它就相当于跑道的名字一样，跑道号是按跑

道的方向编的。

坐飞机的人很多，有人关注过机场跑道吗？

柏剑是个例外。

只要是"道"，他都会去观察和理解。

03 | 我就是奥运火炬手

"爸爸加油！"

在观众席上，在"你就是火炬手"CCTV-联想境外传递火炬手决选现场的观众席上，我听到我十四岁的聋哑"女儿"董梅子用手语喊出心里的话：爸爸加油！

听到孩子的声音，我很感动。我这个孩子四岁双耳失聪，发烧打针，药物中毒，贫困的家庭环境造成孩子有严重的自闭症，她的辅导员带我去家访过，有时候家里连她到学校的交通费都拿不出。她住进我的大家庭后，我就教她练体操，她特别喜欢舞蹈，后来给她找专业舞蹈老师辅导，进入了北京海韵艺校。为了克服她的自卑心，引导她说话，我不允许家里其他孩子在她面前比比画画，谁也不准打手语，我们一个字一个字练习，让她读懂唇语，大声说话。 起生活四年多，董梅了跟其他孩子一样开心地欢笑，她对音乐舞蹈的感受能力越来越强。

主持人方琼问：你的二十四个孩子都来了吗？

只有一个，董梅子。

虽然只有董梅子一个孩子在现场，我依然听得到我的那二十多个孩

子的心声，我经常带孩子们奔跑在马拉松的赛场上，"加油！"是我与孩子们之间最简短最有力量的传递。

奥运会情结，我一直有，作为从事体育专业的人，小时候就梦想着参加奥运会，不断探索和超越的奥林匹克精神让我满怀激情。自从得知2008奥运会将在北京举行，我就想我能为北京奥运会做些什么呢。6月末，得知中央电视台面向全国选拔火炬手，通过网络我也报了名，觉得能够在鞍山参加火炬传递就很满足了。没想到不久，中央电视台一名叫马凯的导演给我打来电话，告诉我说，曾看过我的简历，觉得我的事迹很感人，可以直接到北京参加奥运火炬手的全国选拔决赛。

7月22日到北京后才知道，全国一共有二百一十人进入决赛，导演组对大家进行了培训。所有的培训都非常有意思，打开自己、拥抱世界的训练。

到了比赛当天，第一轮投票结果出来时，选手们都背对着大屏幕，我非常紧张。主持人张斌连续两次喊到我的名字：柏剑，你晋级了，向前走两步。

后来向前走了很多步，一直走到决赛，我感觉自己真是很幸运。境外传递火炬手也将带着中国人民的友谊，到海外去实现自己的奥运梦想。

"你就是火炬手"北京奥运全国火炬手选拔赛，对我来说就是一场考试。全国人民一起来面试你，晋级的过程也是自信不断提升的过程。

8月1日，我带着集训的孩子一起前往北京，8月4日—10日参加了央视的集训。

　　能来央视的人个个不简单，有些人都已经在央视露过多次脸，而且人气都挺高，我对自己能否成功晋级有些担心。上海的代表是"五星级"出租车驾驶员钱斌，贵州的代表是献身新疆的义务支教明星杨丹如，新疆的代表是爱岗敬业的石油工人牙生江，浙江的代表是舟山的渔老大李科平。他们都是了不起的人，他们的个人短片、现场展示、城市宣传片以及文艺节目也给大家留下了深刻的印象；他们都是为创建和谐家园做出贡献的人，我内心对他们都充满敬意。

　　我没有助演团，没有大背景，临来北京之前，学校校长给了我很大的支持和鼓励，我所有孩子们的拥抱让我坚定地站在那儿。

"一直往前走下去，我相信你能行。"导演马凯给我的鼓励特别大。

在拍摄现场，央视拍摄组把我的一个孩子莫丽悄悄接来了，莫丽讲述了她在我们大家庭的成长，现场的五百五十名观众无不潸然泪下。同台竞争的一位兄弟选手，竟然放声痛哭。

当我走下演播台时，导演马凯抱着我的肩膀泪流满面。

这五位火炬手代表着广大人民群众。他们虽是普通人，但做着不普通的事，让我们感受到了什么是平凡中的伟大。在第四场决赛现场，评审团团长亚洲奥林匹克理事会执委兼体育运动会主席——魏纪中先生的开场白让大家都感觉到一份庄严，外交部礼宾司前司长江康、著名战地记者和摄影师唐师曾、羽毛球世界冠军顾俊，著名笑星巩汉林，歌唱演员刘媛媛，以及英国、法国、巴基斯坦等国驻华使馆代表对现场每位选手的精彩表现做出了点评。

通过观众投票和评委打分综合评定，我和浙江渔老大李科平分别以五百七十二分和五百三十分的高分赢得了到境外传递火炬的资格。当我手握水晶球抽取火炬传递的国家时，内心非常平静，大屏幕上滚动的

二十一个火炬传递途经国家的图像最终定格在英国，英国驻华使馆代表捧着鲜花和礼物走向我，他诚恳的祝贺让我很感觉到一种使命的到来。

二百一十进七十、六十进五、五进二过程中，激烈的竞争，让现场的我和一直关注"老爸"的孩子们都在心理上经历了一场新的"马拉松赛"。代表我们中国人举起祥云火炬到英国传递奥运圣火，孩子们为"老爸"的那份骄傲，让我信心满满。这是我做"父亲"最大的成就，让孩子们为我骄傲。

奥运会火炬手的"爸爸"也让孩子们找到了自信和坚强，关于奥运的梦想已经成为我们大家庭的生活主题。

出发到英国传递火炬之前，孩子们给我买的李宁牌跑鞋，是孩子们凑齐他们所有的零花钱，五百多块钱，还有零毛的。我的眼泪忍都忍不住，我的孩子们都长大了。

主持人方琼问过我的所有问题中，最难以回答的就是：柏剑，你的二十四个孩子有妈妈吗？

我曾经收到不少女孩的来信，但一般都没有回。现在我的条件不允许，

我住的房子很小，父母和几个孩子们都在一起，不知道找个 "妈"来放在哪儿。

评委巩汉林老师说：二十四个孩子一个爹，你太让我感动了，希望你跑火炬传递的时候后面还有孩子他妈跟着。

我的"个人问题"成了大家关注的话题。我不是一个人，我始终感觉我与大家在一起。

万物皆备于我矣。反身而诚，乐莫大焉；强恕而行，求仁莫近焉。古人与我心有戚戚焉，万物我都具备了，反躬自问诚实无欺，便是最大的快乐。尽力按恕道办事，便是我最能够接近仁德的道路了。

跑慢可不是件容易事儿

直到现在，想起传递火炬的瞬间，我还很兴奋！2008年北京奥运会，我是咱们中国境内去英国唯一的华人代表，作为这一历史性时刻中的一员，不仅要跑出中国人的自信、坚定，还要用最灿烂的笑容告诉所有人，奥运火炬给予的力量和希望传递的友谊、和平精神。

我4月4号到达英国，4月5号晚上我们在驻英国大使馆安排准备会议。

4月6号，那天很神奇，伦敦下着纸片大的雪花，在中国北方的4月也极少见到这么大的雪。咱们中国有句话叫"瑞雪兆丰年"，我觉得这是一个非常好的兆头。上午10时45分，我从希尔顿酒店前往火炬传递集合点，与我同行的有第二十六棒、第二十九棒火炬手，第二十八棒

火炬手呢？没有。还偷偷憧憬，是不是第二十八棒火炬手临时有事退出，难道我可以像罗雪娟那样连跑两棒？

伦敦华人聚居的唐人街，四处张灯结彩，锣鼓喧天，大红灯笼前舞动的龙狮，上下盘旋的金色巨龙，前后跳跃的五彩雄狮，来往观众摩肩接踵。华人华侨举着咱们的国旗和奥运五环旗，12 时 45 分，我所期待的一刻终于到来，前一棒是位英国男孩，火炬传递给我，很多中国留学生都在高喊我的名字：柏剑，加油！我一下子兴奋起来了，起跑速度非常快，旁边的护跑手一个劲儿地提醒我"跑慢点"。我听到街道两边的华人有节奏地喊口号，他们喊"中国加油""奥运加油"，后来我才知道有的留学生是从几百公里外的城市乘火车赶到伦敦的。为了更多地看到各个路段的火炬接力过程，大学生志愿者几乎跑了一天，中间只是吃了几口汉堡、喝了一瓶水，他们很让我感动。

唯一感觉遗憾的，我觉得火炬传递距离太短了，就二百米，真是太短了！作为一名体育教师，我每天要带孩子们跑万米左右，按我平常的训练速度，这二百米眨眼工夫就跑完了。尽管在到达之前，我就在琢磨，怎么才能既跑得好，要跑得慢点、慢点、再慢点，将这一刻牢牢镌刻在所有为奥运火炬传递而欢庆的人们心里，护跑手说我跑的路段，用了五分多钟。

第二十八棒，原来是中国驻英国大使馆的傅莹大使，跟她交接时，我大声喊：大使，加油！很多英国人也在给北京奥运加油，我们华人华侨的呼声也特别特别高，那一刻感觉到真的是作为火炬手的光荣，作为我们中国人的光荣，那一刻我感觉咱们中国人的血是沸腾了。

伦敦的传递路线经过精心设计，沿途经过著名的大英博物馆、唐人街、特拉法加广场、大理石拱门、海德公园、首相官邸唐宁街10号、伦敦塔桥、圣保罗大教堂等地。圣火还经过正在建设的伦敦2012年奥运会主会场——伦敦碗。伦敦站第一棒火炬手将火炬传递到温布利大球场外的阿累纳广场，肩负第一棒起跑殊荣的火炬手是"英国最伟大的奥运选手"、曾创造奥运会"五连冠"奇迹的前赛艇运动员史蒂夫·雷德

克雷夫。火炬手埃·吉尔斯很风趣，他说：能跑北京奥运火炬接力对我意义重大。我母亲是中国人，父亲是英格兰人，根在中国也在英国。我感觉我能代表北京奥运会与下届伦敦奥运会之间的连接……最后一棒是2004雅典奥运会八百米、一千五百米跑双料冠军凯利·霍尔姆斯，传递火炬抵达终点站格林尼治的O2剧场。

伦敦火炬接力传递最后的庆典仪式在千年穹顶外的半岛广场举行，国际奥委会英国委员——安妮公主出席了庆典仪式。传递活动持续时间为将近八个小时，长度为五十公里，是时间最长、路线最长的一站。

说心里话，我虽然很向往奥运会，但总觉得奥运会离普通老百姓有一定距离。通过参加联想火炬手选拔并最终成为北京奥运火炬境外传递的火炬手，我现在可以告诉所有老百姓，奥运会就在每个人身边，只要心中有火炬，每个人就是自己的火炬手。

等过段时间，我组织我的孩子们进行一次火炬传递，让他们亲手触摸"祥云"，让我的孩子们也举着火炬，在他们中间进行一次传递，让他们亲身感受奥运火炬的热度和传递的力量。

"飞毛腿"大使，加油！

跑慢可不是件容易事儿，对于接到我传递的火炬的傅莹大使来说，是同样的困扰。傅大使在大学的时候也跑过马拉松比赛，并且每天都坚持跑步锻炼身体——跑慢比跑快更难，我深有体会。

我的孩子们对大使充满好奇，看到大使的照片，"哇"声一片，没办法，气质超人。

傅莹大使给我留下的印象很深，优雅、智慧，她总是面带微笑倾听。

据朋友说，她从不咄咄逼人，也不照本宣科，用自身的体悟和智慧故事来阐述观念，真诚坦率。在中国外交的舞台上，在她的从容睿智面前，再硬的坚冰都可能融化。文化的鸿沟，语言的障碍，傅莹以她独特的方式告诉我们，没有什么不可以逾越。

与任何国家的外交，都是一场"马拉松赛"，大使，就是外交团队的领跑者，每个人的"奔跑"都有自己的风格和策略。傅莹大使在英国任职三年中，足迹遍布英伦三岛，她深入英国社会，传播关于中国的文化和声音，所到之处，展示出当代中国的宽广视野和优雅风貌，成功改变了很多英国人对中国的看法。

她真的是从草原走出去的吗？

我的大家庭里有两个草原上出生的孩子——张佳伟和柏平，他们大睁着眼睛，他们还不知道世界有多大。

傅莹大使，内蒙古通辽人，从内蒙古草原走出来的中国第一位少数民族女大使。从 1978 年始，傅莹曾先后担任中国驻菲律宾、澳大利亚、英国三国大使，很好地树立了中国在世界的形象，维护了祖国与驻地国之间的友谊。

　　那她在英国也喝奶茶吗？也听马头琴吗？她会骑马吗？她还听得懂蒙古语吗？她要是想家了怎么办呢？

　　孩子们很为大使担心。从大草原到世界舞台，进入外交部后，傅莹就很少有机会回内蒙古，但不管走到哪里，她依旧忘不了故乡的滋味，她在英国还经常听着内蒙古的长调熬砖茶喝。大草原带给她的坚毅与刚强，让她在世界各国，作为一个代表十三亿人口大国的大使，从容不迫。大草原的辽阔和坦荡成就了她胸怀天下的气魄，面对任何人，她都是用心与心的交流、灵魂与灵魂的碰撞来征服。

　　傅莹大使说，中英之间不是没有矛盾和分歧，过去三年是她外交生涯中最波澜起伏的一段经历。一个突出的感受是，即使在英国这样一个有全球视野、丰富阅历和开放思维的国家，人们对中国的了解仍然不够全面和深入。这从深层次上反映出西方对中国缺乏了解。傅莹大使一直致力于把中国介绍给全世界，她以细腻的语言、生动的故事和外国受众能够理解的方式，向世界优雅阐述中华传统文明"多元共生、和而不同"的个性。

　　我们每个人都有责任传递我们的文化，我的肯尼亚的孩子——柏梅、柏竹，他们已经开始学习汉语。其实每一个人走出国门，都是一个文化使者。孩子们的世界豁然开朗，不再局限于生存理想的实现。

　　作为驻英大使，傅莹在英国政界、商界、学界、新闻界东奔西走，接受英主流媒体采访并发表文章，向英国公众介绍真实的中国以及西藏问题背后的真相—— 一些"藏独"分子冲击驻英大使馆、干扰北京奥运火炬在伦敦传递。

　　我到达英国伦敦的第二天，4 月 5 日，就看到傅莹大使在《泰晤士报》上发表的文章，她文中写：西藏是一个美丽的地方，吸引我多次前往，流连忘返。西藏独特的历史和文化使其在整个中华文化中占据特殊的地位……

驻外大使是一个国家的代表，但从另外的角度看，他们更是一座座桥梁。在批评不负责任的英国媒体的同时，傅莹大使显然留有分寸，表明自己对促进友好、加强理解的立场——用一个女人、一位母亲特有的细腻和善良，一个职业外交官的敏锐。

外交使节的使命是相互沟通，而沟通的先决条件，则是学会说话，学会倾听。

这里所说的"外语"，并非指语言能力，而是指语言习惯。只有用所在国民众习惯的表达方式去说、去听，只有懂得这种"外语"，才能更多地传递善意，化解误会。"外交无小事"，这话当然没错。所谓"无小事"，是指在外事工作中对任何细节都要提高到国家荣誉和尊严的高度去理解，不能掉以轻心。

在她卸任离开英国时，她还实践诺言，向大英博物馆捐出了珍藏多年的母亲留下的粮票，向维多利亚和阿尔伯特博物馆捐赠了几件富有中国特色的服饰。

一个富有经验和感染力的沟通者，她留下的永远都是一份纪念。

中国驻外官员需要"新面孔"。我给孩子们讲傅莹大使，更多的是希望我的孩子们，能感受到榜样的力量，在他们的成长路途中多一些启发，在未来，用自己的激情和才智去更新这个世界的面孔。

访谈手记 ———

在英国伦敦的那些天，柏剑最挂念的是他的孩子们。父母年事已高，孩子们又多，临出国之前，柏剑已经为孩子们们制订了

详细的训练计划，将孩子们的生活安排妥当，每天还会惦记牵挂。

柏剑感慨万千：感谢我的孩子们，是你们让我这个爸爸享受

付出的快乐，也是你们让我这个穷爸爸，成为世界上最富有的爸爸……

在英国伦敦，柏剑对身边的一切都观察入微，他怀揣着二十多个孩子的心思，他要替他的孩子们看世界。

希尔顿大酒店丰盛的早餐，他感慨万千，在国内的每一天他都是早晨训练完毕带孩子们回家吃早餐，大多数时间他都是站着匆匆忙忙喝点粥就着孩子们吃剩的花卷馒头，接着在最快的时间里送孩子们分别去不同的小学、初中、高中上学，然后他再赶到二中上班。他的时间不容耽搁，用完早餐，他带着相机赶紧出发。曾经有个孩子说，他想将来当个建筑师——英国的建筑得让孩子们看到。

翻译带柏剑一路去往大笨钟、伦敦桥、海德公园、伦敦咖啡馆……

伦敦比较年轻的建筑都有上百年，金融街有高楼，其他地方都不高，不能影响居民的"采光权"，每个人都需要与阳光接触。现在都市的"握手楼"密集矗立，

高耸入云，住在其中的人都上不着天，下不着地。柏剑感慨：居住环境其实很重要。

伦敦最早是罗马人所建，公元1世纪左右，英国的建筑有一种特别的气息，城市建筑古典与创意融合自然。白金汉宫、威斯敏斯特宫、圣保罗大教堂、圣詹姆斯公园、海德公园、大英博物馆、大笨钟等，各具特色。泰晤士河是伦敦的生命线，绵延三百多公里。二十八座建筑风格不同的桥梁把泰晤士河两岸连成一片。大英博物馆，正逢上中国的兵马俑展览，很多儿童戴着用纸制作的兵马俑面具，博物馆内还举行了一些与兵马俑和中国文化有关的讲座。柏剑马上想到了孩子们——他得替家里的二十四个孩子去看看。

街道窄，心道宽，欧洲规模最大的中国城——伦敦唐人街，位于伦敦港区的兰姆斯居住区，北临牛津街，南至兰卡斯特车站，西起摄政街，东到唐宁街，处于伦敦旅游和娱乐的中心地带。银装素裹，空气清新的唐人街，因为中国的盛事更加喜庆。柏剑说，四万多华人居住在中国城，他们

中的大多数在此经营餐馆和百货商店，集中了一百多家中餐馆、舌尖上的中国文化。他为每一个华人在异国他乡祝福。

鸽子们在空中欢快地盘旋，坐落在伦敦市中心的特拉法加广场，飘扬的还有中英文打出的横幅"点燃激情、传递梦想"。

因为有同行的翻译介绍，柏剑对伦敦有了更深的认识，为孩子们积累了更多的影像资料。在柏剑离开伦敦上飞机前，翻译递给他一个大信封，里面有一封信，还有英镑和人民币，翻译在信里说，她很感谢柏剑为孩子们所做的一切，她深受鼓舞。她把这次奥运会火炬手翻译的薪酬用来资助孩子们，她希望自己的这份心意加入爱心接力。

为参加奥运会火炬传递，柏剑从家乡到伦敦也是一路绿灯。鞍山市火车站甚至给他开辟了绿色通道，就连在英国出关，柏剑也受到了特殊照顾。柏剑说：我在英国出关的时候，奥组委给我的邀请函放在了行李箱里，行李箱托运也不在身边。所以在出关的时候，英国安检向我要邀请函

时，我也无法提供，不过当他听说我是来参加火炬传递的，他们立马就让我过关了。

他说，当一个人，肩负着神圣的使命时，他就不是一个人，会得到所有人的帮助，连老天都会成全。

"2008年，只要我穿上祥云的火炬服，到哪儿哪儿有雨，哪儿想求雨，找我就行。"幽默的柏剑其实还真是及时雨，他出现在那些需要家庭需要温暖的孩子们面前时，每一个孩子在内心深处都曾经渴望过很久：上学读书，实现梦想。

2008年4月6日，作为中国境外火炬手，柏剑手举"祥云"跑过英国伦敦中国城，与中国驻英大使傅莹进行火炬传递，他经历的这个辉煌的时刻，给他的孩子们带来更深远的影响。这群幸运的孩子们，在他们老爸的带领下，奔跑朝向的那个未来，越来越明亮。

我们完全有理由相信，世界就在脚下。

每个人都是奥运大使，作为一个中国人，我要用自己的力量证明"世界因我而不同"，让世界了解中国的教育是爱与奉献的教育，我们每位教师正身体力行地传递着这种温馨。希望请全社会、全世界都来关注儿童的健康成长，关注贫困儿童的未来。

——柏剑

柏剑说：

　　从小我就喜欢阳光，因为阳光能给我送来温暖、光明和希望。阳光还能照亮我的人生道路，指引我孜孜以求、健康成长。我充实，我快乐，我意气风发地走在洒满阳光的道路上。

Dad's Marathon

爸爸的马拉松

中国好爸爸——柏剑

The **5** chapter

第五章

"问题"老爸和
他的"问题"孩子

每一个汉字都是我的故乡

地

《道德经》曰：人法地，地法天，天法道，道法自然。

人的法则在地里头，地的法则在天里头，天的法则在道里头，而只有道的法则是自在的、本源的。

童蒙养正，就是教你知道人与人的关系。什么关系？恩德的关系。人与动植物、大自然的关系，也是恩德的关系。我们每天吃的，土地里头长出来的植物；我们穿的、生活所需离不开大地，大地于我们有恩。

什么事情都是大地上的事情，厚德载物。

01 | 卡的故事

一个思维正常的人，面对我助养的这么多孩子，认为这是不可能的。我就是"神经病"，可是我坚持了近二十年。

从 1995 年工作到 1998 年，我就已经有十多个孩子了。我在学校附近换了十多个地方，不停地搬家，因为每天四点多就开始跑步训练，那么多孩子——游击队，扰民呢。我还在学校仓库住过几个月，后来同事借给我一个房子，我把老娘骗来，我老娘把牛卖了，来我这儿"享福"，老太太上贼船了，天天给孩子们洗衣服做饭。老太太知道我喜欢孩子，成天在家等着孩子们回来，等时机成熟了，跟老娘说了每个孩子的实际情况，娘啥也没说："养孩子可不是栽树，可以拔出来重栽，每一个孩子都不能出问题。"

十六个孩子挤满了家，校长也很理解支持，提供了给学校做盒饭的机会，后来因为别的地方"豆奶事件"，学校也不让进盒饭了，十六张嘴怎么办呢？ 倒卡生活开始，五十六天没有利息，透支，从这家银行倒出的钱填窟窿到另一张卡，每年 9 月是最难的时候。我有十多个信用卡，转卡透支，拆东墙补西墙，也维持过来了，至少没让孩子冻着饿着，没影响发育。2005 年，我有五个孩子同时上大学，学费一年就是五万多，小桥以鞍山市铁饼第一的成绩被哈尔滨体育学院录取，由于是特招生，小桥需要交纳两万多元的特招贡献费和学费。为了筹集这笔钱，我瞒着父母办理了房屋抵押贷款，抵押后给孩子们交学费，一点办法都没有。这两年本地爱心人士资助了两个孩子的学费，缓解挺大。

孩子们还在增多。

直到 2007 年，中央台选奥运火炬手，上海木臣地板厂老板送来十万元，帮我解了燃眉之急，第一次还清债。

这样的生活，苦不堪言有，快乐也很多。面对孩子们，我觉得现在有做爸爸的责任，更有个奔头。要是一觉睡起来见不着孩子，我得多闹心呢。

这些孩子对我都非常好，带给我快乐和感动都是孩子们。有一次我去外地出差，一个星期没回家，深夜两点多到家，一敲门，孩子都没睡，抱着我就开始哭。他们为我担心，之前我从来没离开超过两天。每次我过生日，就是咱家孩子大聚会，被孩子们围着的那种感觉，太有成就感啦！特别是大赛中孩子们拿成绩，把奖牌往我脖子上一挂：爸，奖牌属于你！让我特别自豪，觉得怎么为孩子付出都值得。

每次去北京，我都去动物园，不是去看猩猩猴子，我是去给孩子买新衣服。我买衣服都是批发的嘛，一买一大堆。我送给孩子们的礼物，大部分都是运动用品，运动服、跑鞋之类都是他们能用得上的。说句实在的，不当家不知道柴米油盐贵，所以每一分钱我都要计算着花。

虽说这些年工资不断提高，我的大家庭光靠工资肯定不够用，这么多孩子的学习和生活费用问题，我有办法。从摆地摊卖袜子、开花店、做盒饭到开手机店、彩票站……我也是多种经营，两个姐姐和姐夫都帮着，快成托拉斯了。

孩子们的落户问题、入学问题、成长问题……我就是问题家长——解决问题的家长。

一个人的力量确实是有限的。我的同事、朋友对我帮助都挺大的，如果不是他们借我钱，我就不能助养孩子上大学。可以说，如果没有朋友，就没有我的今天。

另外，真的很感谢各家银行，有信用卡真是件好事，帮我大忙。

China good father
BAI JIAN

131

种子的信仰

　　为什么雨后才会长出蘑菇来？为什么玉米的根有的长在土壤外？为什么玉米会长"胡子"？植物的根都会自己寻找食物吗？长得最快的树是什么？树会"发烧"吗？

　　生病的树木和人一样会体温升高，但人生病时一般是晚间发烧严重，早晨退烧；树木刚好相反，是早晨发烧得最厉害。根据树木会发烧的现象，护林人可根据树木的温度来判断哪片森林有病，从而及时采取有效的治疗措施。我小的时候，看山林的老爷爷就给我讲过，他给一片传染了感冒的树林治病的事儿。可不能让一大片树林都咳嗽不止，那我们就更没法呼吸了。

暑假期间，我带着五十多名孩子回老家集训。孩子们每天都充满新奇，问题也五花八门。我们一起做"发芽实验"——

　　草籽很小，它们能够从山上的石缝或者墙缝里钻出来，孩子们都很惊讶。

　　细胞分裂、种子萌芽产生的力量是非常惊人的。山上的蘑菇能把压在自己上面的石头顶开。人使用斧锯也没办法把一个头骨分开，可是装上泥土、埋下种子、浇上水以后，种子的新芽就把一个完好的头骨分开了。种子发芽的愿望是无可抵挡的！

　　有的种子想长成草，有的想开花，有的想长成树……看着漫山遍野的花草树木，我深受启发。作为体育老师，开始，更多的是想帮孩子们实现运动员的梦想；当"爸爸"之后，孩子们多了，情况也都很不同，按孩子们的兴趣发展去培养成了目前的方向。教育是农业，不是工业，每一粒种子都需要阳光、温度、湿度、浇灌，甚至需要歌声。

　　在老家集训的整个暑假，每天早上5时，孩子们准时跟随我出发；早上6:30，跑回来；下午3点又出发了。早晨二十公里、下午十多公里的长跑训练，雷打不动。从大学放暑假回来的大孩子们负责给弟弟妹妹们上课，上午三节课、下午一节，不同年级组分开上课，补习语文、数学、英文，还请来国学老师讲传统文化课程。

　　在老家"根"据地，大哥将赶集市修车的生意放下，搭板房，安装床铺，置办炉灶，买回双开门的大冰箱，安置空调，搭建男女生宿舍；大嫂和姐姐们负责起居饮食，六桌饭菜，一日三餐，尽管是露天厨房，嫂子和姐姐们择菜蒸馒头做大米饭都汗流满面。

　　农家院里的训练基地靠山傍水，空气新鲜，大孩子、小孩子、天南地北的孩子们还有肯尼亚的四个孩子，混合训练，互相比赛不甘落后，挑战自己，进步特别快。

　　村里也有人问我：柏剑到底图个啥？

　　说心里话，这些孩子有的是单亲家庭，有的是外来务工人员送过来的，也有我自己找的，家庭氛围都不好，成绩也不好，如果辍学过早流

入社会，孩子被耽误不说，也给社会增添了不稳定因素。我照看着，不少都考上大学了。不图回报，儿女成群，就看着高兴！

现在我收养的孩子中还有七个正上大学，每年9月份的大学学费都是我头痛的事，尽管如此，为了让孩子专心学习，大一大二的时候我每个月还会给孩子一千元的生活费。大三的时候就放手让他们自己勤工俭学，赚生活费，也可以提前熟悉一下社会，锻炼锻炼。

我的目标是把每个孩子都供上大学，他们能自食其力我就踏实了。

老家的集训很累，孩子们也很自由，可以满山遍野跑，爬树、爬绳子。在树与树之间拦上绳子，打结很重要，锻炼孩子们的全身协调性，练胆儿。收桑葚，在地上铺上大塑料布，荡一地，大家一起晃树枝。采蘑菇，关于毒蘑菇，颜色越鲜艳，毒性越大，经得起太阳晒的蘑菇，是可以吃的，草蘑、松蘑、榛蘑……挖野菜，掰棒子，煮玉米、烤玉米。到山上捉泥去，黄土有黏性，可以封炉子的黄土泥，有韧性；和泥，做泥碗摔泥巴。"补天"的游戏是速度与力量的训练，锻炼爆发力。河里打水仗，女孩用盆泼水玩。野外生存训练，顺着大河套走，亲近土地，亲近大自然。亲眼见证，孩子们才会珍惜。老家有山有水，什么都有，空气还好。

亲爱的车

我的车，每天都在跑。我还真得感谢我的车：孩子们越来越多，严重超载，我的车也越开越大，这辆中巴车比我辛苦。

我们每天早晨训练，有时候太阳还没升起，我们跑着跑着，就把太阳赶出来了。

换个五十座以上的大巴或校车，是当务之急。

跑酷，那是大学毕业分配工作之后的事了，我的第一辆车不是跑酷的摩托，是"神牛"——神牛牌三轮车，上大学后为了勤工俭学，买的三轮车。不载客送人时，也用三轮旋转玩过车技。

孩子们当中有喜欢街舞和跑酷的。男孩子，尝试新鲜事物的好奇心是应该有的。

跑酷的初衷不是为了耍酷，不是说你动作做得漂亮就好，而是过程中能够一直保持自由的心情，一种自在的状态。

深呼吸，下决心，助跑，跳，攀爬……想飞，是每个小孩都怀有的心思。我大学毕业分配到二中后，还买过一辆摩托车，摩托车耍酷有原地掉头、翘头、起尾、漂移……漂移嘛，提到足够的速度，转向20—60度，然后猛踩后刹车。

当时有不少玩飙车的，每次躲不过那条隧道时，我都会想起撞到隧道壁上的那哥儿们，后来就不玩摩托了。

极限运动，也是从游戏、生活和工作中的各种动作演变来，最大限度地发挥自我身心潜能，向自身挑战，更强调参与、娱乐和勇敢精神，追求在跨越心理障碍时所获得的愉悦感和成就感。

因为难免会受伤，挫伤、扭伤、肌肉拉伤，所以我对孩子们的自我保护训练要求很严格。跑酷最初是一门保护自我的哲学，挑战刺激、追求可观性只是跑酷的一部分，最本质的还是保护自己。对初学者来说，要先学定位跳和滚翻：定位跳是最基础的动作，定位跳时，前脚掌先落地，然后向下深蹲，保证落地时重心向前；而滚翻是练空翻时必学的动作，它可把向下的压力转换成向前的冲击力，这样可以有效地避免摔伤。此外，在某些特殊的场合下，可以发挥它的一些实际作用，如紧急逃生、抓小偷等。

生活也是由障碍和挑战构成，人生就是学会克服的过程，了解跑酷的哲学比玩跑酷更重要。

我最得意的车还是那辆白色越野吉普车。

你的车闯了多少个信号你知道吗？

不可能不闯信号啊！

我的孩子们在跑越野训练，我必须以孩子们的安全为第一。

那辆车，是从武警朋友手里买来的，挂着武警的牌照。

白色的，吉普车。我的吉普车一次坐了三十二个孩子，怎么坐得下我都很奇怪，超级超载。真的就是故意的，因为孩子们每天到训练场地很远，又没有大车，只能这样了。前方要颠哒一下，注意啊。前方又要颠哒一下，注意啊。

我曾经还做过监督员，警察在双黄线掉头车，抓别人也是知法违法。

我抓警察。

我的越野吉普车在我们的越野训练中跑遍了鞍山所有路途，很遗憾，因为需要钱带孩子们去北戴河集训，车被卖掉了。

　　我带孩子们去蹦极，是为了让大家体验生命意外，珍惜生命。

　　在北戴河集训时，我带孩子们去蹦极，把一端固定的一根长长的橡皮条绑在踝关节处然后两臂伸开，双腿并拢，头朝下跳下去。绑在跳跃者踝部的橡皮条很长，足以使跳跃者在空中受几秒钟的"自由落体"。当人体落到离地面一定距离时，橡皮绳被拉开、绷紧、阻止人体继续下落；当到达最低点时橡皮再次弹起，人被拉起，随后又落下；这样反复多次直到橡皮绳的弹性消失为止。我的孩子们都很大胆，我蹦过好几回，越蹦越胆小。为鼓励孩子，我要第一个蹦，我也心惊胆战，跳过一次，临界点，死过一回，还怕死吗？

　　现在的小孩缺少探险精神。我们的成长过程中，每时每刻都在经历着挫折和危险，无时无刻不有新问题等待着我们去探索。对于那些害怕冒险的人，危险无处不在；对于那些无知的人，探索毫无意义。现在人很难成为大家，太多局限在自己的小家里了。

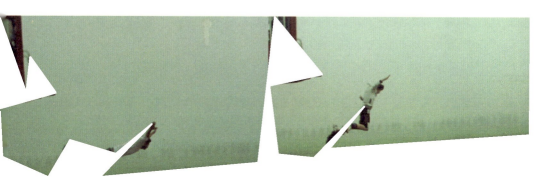

这么多孩子咋管，单靠我那是不行的，孩子们要自治。

我家的孩子们轮流当家。当家的孩子在他"当家"那天是绝对权力，绝对担当，绝对责任。柴米油盐，吃喝拉撒睡，都要照顾到，还要有创新，每一天都不能随便过，要给大家创造快乐。

我不怕孩子犯错误。男孩子，他错的时候，就告诉他：好汉做事好汉当。充分信任他会做得更好，果断，不拖拖拉拉，做错了选择不要紧，可以从头再来，脚踏实地引导他们积累成功的能力和品质。

几年前，王加桐还小的时候，那天他当家，我带他去买菜。那天买的菜多，我们两个人急急忙忙把菜运回家，加桐悄悄跟我说：老大，那卖辣椒的人多找了我们七块钱。

孩子们，我们做人是有底线的，在得失之间，我们一定要想清楚。多找的钱，王加桐自己给卖菜的人送回去。

男孩最怕没有人理解，没有人支持。在他们成长的每一天，我都充满阳光，我得让他们知道他们身后有我。男子汉意识，是我对我的儿子们最刻意的要求，坚强和勇气、担当、有责任感。

孩子们养成好的花钱习惯，这是我的责任。

我们能够拥有什么，我们到底需要什么？我们是要清点一下的。内心无缺，就是富；被人需要就是贵，我们的富贵人生在我们自己的把握中。

一家之主，你还得代表我们所有家人的尊严和荣誉，比如有人来看望我们，你得代表大家致谢，如果有人做了有损大家形象的事情，你得及时出面弥补。我们每个人不仅仅代表自己，代表家庭，还有可能代表班级，代表一个村庄，代表一个城市，代表一个国家，这份能力不是天生就有的，我们每一个人的胸怀气度和智慧是不断提升聚合而来的。

你看那小红花评比墙，做好事后，自动贴一朵小红花，不以善小而不为，小事积多了就是大好事。

我家的"风"

所有的风都是有方向的，东西南北风，而家风径直吹向心灵。

我们是有"根"族，家风，肯定是有来有去。"史"前家风，柏氏家族向来是树直根正。

当下风向是：心系天下，自强不息。

有什么样的家风，就有什么样的孩子。

任何一个生命都不是一个可以孤立成长的个体，与这个世界息息相关，每一分每一寸的日常小事，都是织造人格的纤维。家风是一种潜在无形的力量，在日常的生活中潜移默化地影响着孩子的心灵，塑造孩子的人格，是一种无言的教育，是最基本、最直接、最经常的教育。它对孩子的影响是全方位的，孩子的世界观、人生观、性格特征、道德素养、为人处事及生活习惯等，每个方面都会打上家风的烙印。

家庭是人类的根源，需要互相关怀、互相肯定、互相安慰的心理结构，是我们从出生开始在生理上需要依赖父母的照顾形成。与父母、兄弟姊妹之间的亲密关系，会让每一个人充满自信和安全感。

四个月大的孩子，还没有断奶，在何金宁的记忆里还没有留下妈妈的影像，妈妈就走失；跟随爸爸在广西生活到八岁，爸爸又离世。在电视上看到我的大家庭的故事后，何金宁的大伯、一位缉毒警察通过栏目组找到了我，希望我能暂时收留孩子。

张雷明，是从内蒙古来的，四岁时，他妈妈离家出走，这一走就再也没回来；他爸爸因精神疾病被强制送进了精神病医院，年过六旬的姑姑再也没办法独自照顾小雷明。在电视上看到我和孩子们的"梦想秀"之后，从内蒙古来到了鞍山。"梦想秀"帮我们解决了住房问题，也帮我添俩"儿子"。现在这两个孩子都上小学二年级，和他们的小哥哥张佳伟一个学校。

这两个孩子刚来大家庭时都很胆小，不敢说话，特别没有安全感，互相之间还很抵触，我给他们的名字是柏和（何金宁）、柏平

（张雷明）——"和平"总是在一起，我只要喊他们，就会一起喊：儿子，柏和、柏平都过来。你们是我的左膀右臂，我必须得让两个孩子知道他们很重要。第一次在传统文化课分享时，尽管柏和鼓足勇气，他还是一边说一边往后退，声音越来越小，我直接揽住他侧耳倾听，帮他翻译。

没有座位时，两个孩子我一起抱，因为他们感受到我的支持和拥抱，他们越来越放松自由啦！小金宁不那么内向胆小了，也不用手抓着吃饭了；小雷明脸上的笑容也多了起来。他们现在完全变成了活泼聪明的柏和、柏平。

我就看不得孩子受苦，看他们皱巴巴的小脸儿，我就心疼。在梦想

之家，这两个孩子就睡在我的身边，方便照顾他们。

这十多年来，我收养、资助孩子什么也不图，就是想用自己微薄的力量给这些孩子们的学习创造好一点的条件，看到他们能成材，能有一分和我一样对生活的热爱和激情，就是我最大的心愿。看到自己培养的学生成为有用之材也是一种回报，自己被社会承认和尊重也是一种回报。

　　我吉林的哥们儿来梦想之家待了几天之后舍不得离开，说：你家真好。一家一个孩子都不一定很快乐，你这里却是一大群孩子的天堂。

　　不是随便什么人都能够培养孩子感受幸福的能力，只有你心中有大境界，你才能够看清超越行为内心真正的质地。也就是说内心里面有这种大道、大言，对任何人都能担当，小家、家园、国家……

培养孩子健全人格

　　我柏剑也有毛病，我也反思，以前我管理孩子严，小羊一样，现在社会需要一群羊吗？我的孩子们，爱都不会爱，以为所做都是为孩子们好？我是家长，我首先就应该是个孩子，能够和孩子一起重新成长，才可能真正明了孩子们的心声。

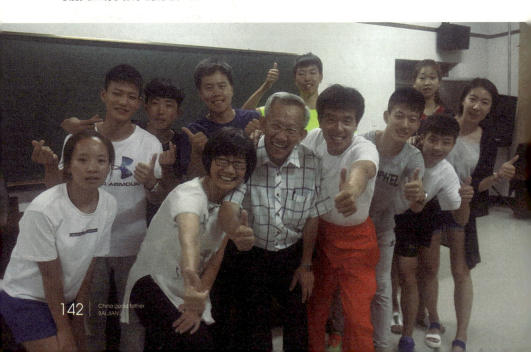

我觉得，百善孝为先，不管孩子今后发展如何，但孩子健全人格的培养，首先就得从孝心开始，只有孝敬父母，才懂得感恩，才懂得如何去做一个真正有用的人。我坚持每天给自己的母亲洗脚，孩子们看在眼里，记在了心头；我不在的时候，大家都抢着给爷爷奶奶洗脚。

从我的家庭里走出去的孩子，不管学习好不好，但只要与他们相处过的人都知道，他们很有礼貌，大家都愿意与他们相处，因为他们能够做到对人、对事都问心无愧，能够以诚待人，与人为善。做一个具有人格魅力的人，是我对孩子们的第一要求。

发现自己的优点不是容易的事儿

孩子们自己剪的红心，每人一个。

我们总看不到别人的优点，总挑剔别人的缺点，让孩子们从发现自己的优点开始，在红心上写自己的优点；发现了别人的优点，再在别人的红心上填写别人的优点。

《弟子规》《朱子家训》《论语》，孩子们每餐后背诵，如同一日三餐，成为营养灵性生命的那部分，在日常生活中体悟、改变自己，德行逐渐提高。我也常带孩子们去听一些大家讲授传统文化课程，带孩子们在现场做志愿者，反省观照自己，身心都有提升。

英雄能够征服天下，圣人只求征服自己，也只有圣人能够把天下人的烦恼与痛苦担在自己的肩膀上，此为凡圣之别。

我是国家公民

感觉国家也是自己家：小时候没有忧患意识，贪玩、爱玩、会玩；代表国家海外传递奥运火炬之后，使命感日益增强。

重新审视生活的环境，重新认识并建设它，自然肩负起自己的责任。

鞍山听起来就是个很磅礴的地方，共和国的长子，钢都，人杰地灵，这是个很神奇的地方。我更多的是在鞍山成长，见识了很多、知道了很多，成长尝到很多，也懂得了很多，树苗能长成参天大树，是因为有适合它成长的土壤。

国庆六十年，我带着六十个孩子，扛着六十面国旗在鞍山绕城奔跑一圈，我们用我们自己的方式参与庆典，每个孩子都充满了自豪和骄傲。

你心有多大，你培养孩子的舞台就有多大。我改变我的孩子们，我的孩子们去改变世界。唤醒孩子国家公民意识，公民意识是指公民个人对自己在国家中地位的自我认识，在日常生活中提高孩子们的参与意识、监督意识、责任意识、法律意识。

问题孩子

孩子拿东西，更多时候是渴望被关注，想做点惊天动地的事，让大人着急。

最不可取的就是公开孩子的错，放大的错误会让孩子自卑。

孩子们中有一个出问题，就是我的问题，就是我做家长的问题，我不能护短。

了解每一个孩子很关键，每一个孩子都有不同，有的孩子你越揍他越上脸，有的孩子你说他比打他都奏效，还有的孩子一个眼神就明白……每个孩子的脾气禀性都有差异，与孩子得有足够的沟通。我们多数家长根本不认识自己的孩子，每个孩子都很有能力，要让孩子做，我一定先做到。

家长只要好好学习，孩子一定会天天向上。

上中学的孩子正处于生理和心理的成长期，难免会有这样或那样的问题，帮助他们解决心理上的困惑或烦恼也是我的功课。

我们定期会开家庭会议，经常在一起学习、训练。有时候我还会带他们出去玩，玩的时候也是互相交流的时候。我的主要方法就是和孩子多沟通。在学校争取做个好老师，在家庭里争取做个好爸爸。

很多家长往往忽略孩子内心世界的培养，如何培养内在的生命是一个大问题。为了让孩子去适应社会，功利地把孩子活泼的生命禁锢在补课上、考试上，缺乏对社会的担当和建设意识，孩子考的分数再高，也是纸上谈兵。

收养一个孩子，不是多副筷子多个碗的事儿，每个孩子都有不同的性格和成长的问题。脾气最奇怪的是单亲家庭的孩子，自我保护意识最强，怕受伤；孤儿还不一样。就是一块糖，你给谁都要想好，怎么样能让孩子们都不伤心。亲兄弟姊妹之间还吵闹呢，父母削一顿，也不记仇；可有的孩子是你对他不好，他会脱离这个家庭。

家庭会议很重要，激发孩子们的想象力，积攒孩子们创造性的金点子，每个人都可以提出问题，还可以解决：首先要看到问题，提出建议行为，要勇于承担结果。

"问题"，所有的问题都不是问题，只要有有想象力，有创造力，有信心。

可以梦游吗？当然可以。

深切地了解任何一个事物——我小时候为什么那么快乐，就是我一直没有离开大自然。你了解天地，才能为天地立命。

我们怎样为孩子打造一个良好的成长空间呢？

家庭的生活方式、文化氛围构成了家风。看书，赏花，听音乐，追求高尚的精神情趣，从老爸开始，是培养孩子性情、熏陶孩子素养的重要方面。热爱学习、崇尚知识，让家庭充满学习氛围，这是一种智的追求。孩子在这种环境的影响下，久而久之，也会变成知书达理的绅士或淑女。

怎样培养孩子的自我管理能力

在培养良好习惯及良好品质的过程中，让大家发现自己的优点，发现别人的优点。

每天传统文化课分享讨论，具有判断是非、识别真假、辨别美丑、培养开拓进取的能力和素养之功用：让孩子明白什么事不该做，什么事该做；为什么不该做，为什么该做。

带孩子们去做志愿者，参加公益活动，去敬老院、孤儿院体验社会

生活，追求真善美，培养高尚情操，不断提高自我管理的意识。

　　鼓励孩子们写日记，是每个孩子对自己成长的记录，更是送给自己的一份成长礼物。

　　每天的家庭日记由两名孩子轮流记录。

　　培养生活自理能力：自己叠被子；大孩子自己刷鞋子、整理餐桌；每天有值日生，帮厨择菜，帮助二姑准备一日三餐。每个人都是大家庭的主人，家里的事人人有责。兄弟姐妹之间互相帮扶，不仅要有这个愿望，更要有这个能力。

　　扬长学习，鼓励孩子们的兴趣发展，让孩子自觉衡量自己的言行，每天的传统文化的体悟分享，就是认识自我的一个过程。

　　节日的联欢或晚会，孩子们自己的活动自己设计，自己的活动自己开展，自己的活动自己评价，快乐大家一起快乐。

　　遭遇过不幸的孩子难免有自卑心理，我之所以把收养的孩子全部编进我的田径队，就是相信奔跑、跳跃可以让这些背负着太多不幸的孩子们重新回到阳光灿烂的世界里。孩子们之间互相鼓劲加油，相互的支持让每一个人心里都有温暖。

与孩子们沟通的绝招

　　与孩子交朋友，身教胜于言传，以身作则地教授他们关于诚信、礼仪、担当等。

　　我要想孩子不做什么，我必须做到——不喝酒抽烟，不说脏话。

　　国学启蒙教育的内容不仅是唱诗读经，还包括被称作人文艺术教育根基的"琴棋书画"。自古以来的成语故事蕴藏了古圣先贤的精神智慧和对世间万物的隐喻，国学教育可以相当地"游戏化"，要让孩子手舞之足蹈之，全身心地参与进来。通过成语故事微剧演绎，提升孩子们"心神相通"的领会能力和创造性；通过父母与孩子一起阅读、选择、演绎成语故事，将琴棋书画和童年游戏融合在微型舞台剧中，让父母和孩子面对面一起成长。

家庭日记

每天有两个孩子来写家庭日记，轮流值日。

2 月 17 号 上午的分享

欣赏科教片《水知道答案》水试验，水能够听能够看，能懂得善恶，

刘乐同学：我认为这个世界和人身上有很多共同的点，都拥有百分之七十的水，我们每个人都应该生出一个感恩的心。

柏剑：我们的地球，三七开的呀，三分是陆地，七分是海洋，自然之道。感恩、互相信任、包容、关爱，人与人之间还会有纷争吗？包括你的敌人，你真心地拥抱他；左邻右舍，互相抱一抱。有些人还装作男女有别，都是兄弟姐妹，还区别什么？心里纯净，世界纯净，心中有大爱的人，会时刻敞开胸怀，拥抱世界。记住老爸说的话：遇到别人有难，我们要毫不犹豫地去做。做好人，没有错。从 2007 年到现在，为什么我们二百一十个奥运火炬手还能互相联系？土豪、孤家寡人、英雄……什么人都有，就是大家心中有大家。

孩子们互相拥抱。

主动举手到前面分享的小柏和靠近柏爸爸的耳边一个一个蹦词儿：相由心生，境由心转，万物有灵，慎独，自觉，浩然正气，宇宙真相。

柏剑倾听并翻译：相由心生，境由心转，万物有灵，慎独，自觉，

　　浩然正气，宇宙真相，这不是简单的造词，是孩子们体悟分享感受的核心词汇，每一个词后面都有孩子们成长的认识。我对一切都有责任，我是世界的一部分，与世界息息相通，人类与万物是不可分割的。

　　鲁雪：我们与大自然是一体的，我们没有权利去伤害它们。

　　面条：人性本善，人是可以教育好的。

　　何思文：我们应该用善的意念感化世界。

　　柏平：邪不胜正，大智大勇。

　　大孩子王加桐师承柏剑老爸的方法，倾听弟弟妹妹的心声，翻译，并把大家的体悟延伸。并当众认错反省：我也有毛病，总给自己找解释的理由，从自身找毛病，我们大家共同改错。有勇有谋，从内心散发出正能量。我是手机控，老爸说：咱不能成为手机控，最远的距离不是千山万水，而是你坐在我对面，你在玩手机。

　　我很惭愧。

妈妈征集令

我爸爸柏剑今年四十一岁，身体健康，工作稳定，长相良好，不抽烟不喝酒，不打麻将，是一个典型的"高穷帅"。

我爸爸是一个很勤劳的人，他能用自己的双手撑起整个家，并且给我们四十多个孩子创造这么温暖的生活。他很坚强，面对困难，他从不退缩，也很聪明，总是有很多办法解决困难的问题。他很体贴很有责任心，不管是晴天、阴天、下雨天，他都可以把你照顾得无微不至，让你时刻感觉到温暖有安全感。你不用担心我们好几十个孩子会成为你们的负担，相反，如果嫁给我爸爸，会有四十多个孩子一起照顾你们，为你们洗衣服、做饭和做其他的事情，会让你们轻松愉快地度过每一天。我们慢慢长大了，以后上了大学，赚了钱，给你们买大大的房子，带你们去世界各地旅游，一定会好好照顾你们。你也不用担心，等你们年纪大了家里面会不热闹，因为我们会每天回来看望你们，陪你们聊天，照顾你们，不会让你们觉得孤单。在这个特殊的大家庭里，受爸爸的影响，我们很和谐很勇敢，请准备好了的阿姨跟我爸爸联系。

最后我想对爸爸说一句：爸爸谢谢您。

六六在《中国梦想秀》舞台现场读这封信的时候，我说不出一句话，我谢谢孩子们的心意。

以前六六就问过我：爸，你啥时给我们找个妈呀？

哪个妈妈能接受这么多孩子了啊！

属于我自己的生活？很多人为我担忧，我不是不想结婚，以前也渴望恋爱成个家，一起带孩子。我谈过三次恋爱，处的时间短的几个月，最长的一年。开始都了解我的状况，要求我不要再收养孩子，到家门口的孩子我不能撵出去，女朋友不能接受我理解，一直到现在，心思都放到孩子们身上了。我知道，我已经选择这种生活方式了，如果真有人完全理解支持我，愿意同甘共苦，一起照顾孩子们，我感谢老天。我现在没有自己的私人空间，不适合婚姻，参加电视节目之后，很多女孩打电话、加 QQ、微博互动、写信来，我不敢回应。她们可以冲动，我不能，我四十不惑了，不可能玩过家家。

刻骨铭心的初恋甜蜜也有，苦涩掺半，爱情来得很突然，我甚至没有做好心理准备。女孩父亲是矿长，家境优越，我来自偏远的小山村，她父亲知道我的出身后，强烈地反对，尤其知道我领养了几个孩子，更是坚决不同意。我走到哪儿都带着孩子们，约会也带着，女孩很反感。为了解决家里经济困难，我每天下班后都去夜市摆地摊。刚开始，她还来陪着我一块玩，后来觉得我这样做丢人，难免争吵，我年轻气盛，又不会哄女孩，后来一次冷战后，两人谁也不愿意低头，终于没再联系。我打心眼儿里喜欢她。虽然我没送过她什么礼物，我付出的是我全部的感情，失恋让我的自尊心很受打击。我跑到郊外的烈士山上，第一次失控地大喊大叫，心痛，之后我调整了很长时间才恢复过来。

一年半后，学校副校长的母亲给我介绍了一位家庭经济条件同样优越的女孩，我们是在非常正式的场合下见的面，当时女孩的母亲陪同前来，都比较看好我。

一天在电影院里，我开诚布公地告诉女孩，如果有幸结婚，婚后希望她能够与我的父母和孩子们住在一起。她说她性格比较怪，和她自己父母相处还有问题。如果和自己的父母都处不好，还能和谁处好？

之后那女孩父母提出，如果我们结婚，可以给我们在市中心购买一套商品房，当新房用，然后在不远处再买一处房，让我父母和收养的孩子们住。我来自农村，为了我上大学，哥哥姐姐们都中断了学业，全家人供我一人上学。这种情况下，我必须承担起赡养老人的义务。把我和

我爸我妈分开，我在心理上很难接受。是大家的帮扶让我从大山中走出，我又有什么理由在获得幸福之后，抛开这些同样渴求爱心帮助的孩子呢？在和孩子们朝夕相处的日子里，孩子们逐渐改口喊"爸爸"，刚开始，我真有些不自在，毕竟自己还没结婚，可时间长了，因为一声声"爸爸"，我内心深处的那份责任感越来越重。如果我不和孩子们住在一起，等于孩子又没人管了，我不可能放弃他们，对他们不负责任。

第二次感情也随之终结。

我的孩子们越来越多，尽管不断有人介绍对象，我也无心再去看了。

上《我们约会吧》这个节目，原本是想让父母放心。湖南卫视的编导看到了中央电视台的一部介绍我事迹的片子后，邀请我上节目。我也是反复考虑后才应下这个节目，因为近十年来，我一直是孤身一人，让父母很操心，我想用行动来证明，自己想找对象，心里也想找到一个能完全理解我的人。

《我们约会吧》开播以来，还从未出现过男生拒绝八位候选女生的

情况。我按灭了所有为我亮起的灯。

当我走下演播台时，导演问我为何不选择一位约会？

我和现场的女生们事先没有见过面，全是现场录播时才见到。在台上时，我发现她们都是特别真诚，我不能伤害她们，不想利用她们一时的同情，约一次会了事。我需要的是一个真正理解我、可以和我一起抚养孩子的善良女孩。恋爱婚姻并不是一件很简单的事情。

孩子的征婚信，还有节目组的一番好意，我真是心领了！但说到结婚的事，现在还不是时候。当务之急是把孩子们的生活安顿下来，我答应给孩子们建一个更好的家园、一个大训练基地的想法，还需要我去努力争取。

不同人有不同人的想法，我阻挡不了别人的各种揣测，也没精力解释那么多。对帮助我的人充满感恩，对冷嘲热讽的人也毫无怨言，我心里挺向往那种"安得广厦千万间，大庇天下寒士俱欢颜"的境界，但能力有限，能做的就是，遇到能帮的孩子，拉一把就是一把。

03 | 家心苑

我经常问自己：

我该给孩子什么样的影响、什么样的教育，才能使孩子成人成才？怎样为孩子创造一个具有安全感、又有机会为自己负责任的成长环境？

"唯天下至诚为能化"，只有至圣大贤，乃能以诚明躬行实践，并以诚明感人动人。在教育孩子的问题上，我们不能忘记圣贤的教诲，把人格教育、文化素养的提升放在首位。唯有成人，才能成材。

文武双修，一直是我理想的教育理念。经典文化是民族文化的结晶，是民族智慧的源头活水，经典文化包括文字、音乐、绘画、书法等充满生命智慧的艺术和经验，成立国学堂的心愿终于在我的心灵导师钟积成先生的鼓励下，一砖一瓦拔地而起。

"好孩子，坏孩子，都是父母培养出来的。"这句话出自马来西亚教育专家钟积成之口。钟积成老师说，让孩子成才的两个法宝则是"一个好心＋一个好脑"。好心就是要开发孩子的灵性，中国的经典教育有利于孩子成才，大量阅读、背诵经典读物等能够让孩子学富五车，观看名画、雕塑、书法等也能改变一个人。

高尚的人格是最高的学历。

钟老师对经典教育那种近乎痴迷的狂热让我感动，无论与他谈什么话题，最后他都会谈到经典教育和父母教育上，他的生命已经完全融入于此。钟老师的生命体验的课程让我学会怎么去表达爱，如何传达我的信念，怎样把内心真正的感受读给孩子，学会真正地尊重孩子的生命。

家，不是讲理的地方，而是讲爱的地方；一个人的觉悟是不断向内求的，是不断反省获得的；反省、感恩是成长和教育的起点。

在家心苑，让这些来自四面八方的孩子们换颗全新的心，让不快乐的孩子寻回快乐，快乐的孩子更加快乐。

我原来是教练的精神，现在是爸爸的精神。这些年来，我的角色发

生变化，育人是第一位的，如果我的孩子做坏事，因为跑得快连警察都追不上，那是爸爸的悲哀。我时常提醒所有的孩子：我们可以跑得不够快，但我们绝不可以行不善之举。如何做人，很重要，本末不能倒置。

孩子需要的是一个不断反省、不断学习并和他一起成长的父母。既然我是老爸，学习就从我开始，进一步了解孩子的行为目的，控制自己的情绪，积极倾听，有效沟通，及时鼓励，培养孩子的责任心，更好地发挥孩子的潜能和提高孩子的学业成绩，将孩子培养成有责任感、有信心、有宽容心的人是我的努力方向。

爱护孩子，是每个父母都会做的事情。可是有原则地爱孩子并不是每一个父母都能做到的。许多父母为孩子付出了很大的代价和心血，但是他们的孩子却很少或很难体会到父母的爱。父母的体会与孩子的体会之间存在很大的差异。爱是一种态度，是一种人格倾向，父母爱自己的孩子，更要关心、爱其他的人，对他人表现得冷漠自私，甚至残忍，会给孩子造成对爱的误解。

希望孩子有梦想，首先家长得有梦想，并为之奋斗。父母要以身作则，不然孩子对父母的失望，也许比父母对孩子的失望还要大。赏识是一股强大的推动力，而这股推动力的发生常常因为简单的几句话、几个动作或一个表情。多看孩子的优点，不要光看孩子的缺点。放下自己的执着，用换位思维方式疼惜和接纳孩子，让孩子展现真性。每天让他们的成长

充满生命的感动，这样才能感动影响孩子和别人。给孩子一个机会，也许就是给自己一个机会。

　　孩子需要学习而成长，当父母也是需要学习的，和孩子一同学习、一块成长是我的功课。

　　既然每个人只能有一次生命，何不全力以赴？

第一次见到来自马来西亚的教授钟积成先生是去年在柏剑的梦想之家，第二次见到钟教授还是与柏剑老师一起，今年五月份，柏剑的国学堂"家心苑"揭牌仪式中，钟教授夫妇到现场祝福。

柏剑说钟积成老师的"国际经典情商"教育系统课程以人性化的授课方式，通过故事、分享、游戏、讨论、歌曲、试验、团队合作等，让他享受生命蜕变的愉悦，让他回顾整个生命历程，进入自己心灵深处，回归生命本源，了解生命真谛。

与钟老师面对面，我看到了钟老师热泪盈眶的双眼，他说：常在夜深人静时，想起当今世道衰微，人心败坏，大自然与人类社会的乱相日趋严重，不禁忧心忡忡，不能成眠，感到自己肩上担子的沉重，也就更盼自己能长寿些，为这世界多尽点绵力，去积极推广好经典教育。办教育，最重要的是要有正确的教育理念。你的心对了，你的世界就对了；你的心有多大，你和你孩子的人生舞台就有多大；你的思想有多远，你和你孩子的人生道路就能走多远……

马来西亚的钟积成教授夫妇以一个海外华人的赤子情怀，关注我国幼儿教育事业的发展。近几年来，应大陆各地教育部门、单位、教育团体的邀请，已在长沙、武汉、南京、北京、厦门、福州、广州、汕头、重庆、大连、淄博、济南等二十几个地市做了关于儿童教育的演讲，部分地区还专门开办了父母经典情商教育课程，融会经典文化教育的理念、综合经验及心理学的最新研究成果，形成了一整套经典情商教育方法。为解决身为父母的家长、教师的亲子教育问题，学做新时代从容、快乐、称职、培育英才的父母提供了学习成长的机会，反响巨大。

感谢钟老师胸怀天下，被老先生点燃的希望火焰已经照亮天边。

柏剑带着六十多个孩子们游学去了，他说，先走遍中国，然后带孩子们周游世界。

钟积成

马六甲文教基金会理事长

全球经典教育基金会马来西亚委员

国际经典情商教育系统课程首席培训师

Dad's Marathon

爸爸的马拉松

中国好爸爸——柏剑

The **6** chapter

第六章
追赶太阳的人

　　"唯天下至诚，为能尽其性。能尽其性，则能尽人之性；能尽人之性，则能尽物之性；能尽物之性，则可以赞天地之华育；可以赞天地之华育，则可以与天地参矣。"

　　每天我走进华育中学，就会想起这句话，作为华育中学的老师，我深知自己的使命。

　　只有天下极端真诚的人，才能充分发挥他的本性。能充分发挥他的本性，就能充分发挥众人的本性；能充分发挥众人的本性，就能充分发挥万物的本性；能充分发挥万物的本性，就可以帮助天地培育生命；能帮助天地培育生命，就可以与天地并列为三了。

　　有无边无际的大地承载着我们，有无边无际的蓝天让我们有所向往，我们人类还有什么理由不更加辽阔？

　　人能弘道，道不远人。

01 | 肯尼亚的巧克力女儿

　　柏柏、柏家、柏欢、柏迎、柏妮、柏临，这是我给六名非洲女儿取的中文名字，取意为"柏家欢迎你光临"。我家的小女儿们又多了六个巧克力姐姐，皮肤黝黑、梳着满头小辫，走到哪里都会引来回头的目光。她们来自非洲肯尼亚的乡村，在肯尼亚到处都是奔跑的孩子，十个孩子有八个是光着脚在沙漠上跑，非常贫穷。

　　2012年2月，我到肯尼亚和埃塞俄比亚就中长跑项目进行实地考察学习，就是为了取经。肯尼亚堪称长跑王国，近几年非洲国家的中长跑项目迅速崛起。肯尼亚人很小就养成了跑步的习惯，在那里的村落，经常可以看到上百人在村外的红土村路上跑步，那里面有很多孩子都是赤脚跑。肯尼亚人的身高和体重比例很适合长跑，加之恶劣的环境和贫困的生存，让肯尼亚人养成了坚韧不拔、吃苦耐劳的精神，所以，早在几十年前，日本、欧美国家就和肯尼亚开展体育交流活动。

　　学习结束后，我与当地的田协联系，选拔了六名肯尼亚女孩来鞍山训练交流，除了训练，她们还在华育中学学习汉语和中国文化。她们的到来也让华育中学代表队的队员们学习英语有了动力，有了中英文的相互交流，大家进步都很快。

　　与这些孩子沟通的翻译工作，又成了我日常工作中的一部分。为了让这些孩子更好地学习汉语，我向懂外语的人请教，专门为这些孩子开设一个汉语班，教她们汉语。而这些孩子在学习汉语的同时，也负责教

马拉松俱乐部的孩子们英语。

六个女儿的衣食住行，都需要仔细安排，每个人都发两套运动服，还有冬天保暖的羽绒服。因在肯尼亚不常吃肉，女孩们比较喜欢素食，给她们准备的草莓、香蕉、菠萝等各种新鲜水果成了六名女孩的最爱，"中国的水果太棒了"，这是她们会写的第一句中文。柏临汉语学得最快，她会主动问我她关注的事物用汉语如何表达，两个月之后，一些简单的汉语她都能听懂，她成了非洲女孩们的"队长"。柏临二十岁，家里有三个姐妹和三个兄弟，她在家里排行第四。由于妈妈早逝，就剩下爸爸带着他们一起生活，村落里没有什么生活来源，为了让家里人生活得更好，她此前在家乡时也去比赛，赢来的奖金全部贴补家用。其他女孩的情况也是这样。

在大连参加国际马拉松比赛，她们取得了不错的成绩。在半程马拉松比赛中，柏妮获得了第四名的好成绩；柏欢、柏柏分别获得第六名、第七名。

每次比赛中赢得的相关奖金，全额归她们所有，供她们维持家用。女孩们在鞍山的吃穿用等一切费用，由我负责。这些孩子的家庭条件不好，我希望尽力帮助她们，也免去她们亲人的牵挂。

这些非洲孩子的吃苦、拼搏精神很值得国内孩子学习。在大连的马拉松比赛中，几个非洲女孩跑到终点时，几乎虚脱了，但不管成绩如何，她们都一直拼到了最后。比赛后我直接带她们去了大连的发现王国。柏临说她们从来没有见过这么多玩的设施，几个人在那里都玩疯了。

经过一段集训后，在第七届丹东鸭绿江国际马拉松赛上，我们的肯尼亚女儿柏妮以两小时十七分的成绩赢得了女子半程马拉松赛冠军，柏柏、柏临、柏欢获得此项目的第三、四、五名。

除了比赛，她们的未来在哪里呢？看着六个肯尼亚女儿从我面前跑过，我都会走神，她们在中国的时间也不会是永远，难道就眼看着她们回到肯尼亚再次回归到尘土滚滚的生存奔走中？

她们只知道肯尼亚当地的土豪，就是因为跑改变命运，跑得快就是她们的梦想。四十二岁的切尔比，一大早开始带上干粮沿河溪跑，两年之后，打国际马拉松比赛。谁能打一辈子比赛？

怎么引导非洲的女儿们从了解自己的国家和文化开始，再融合中国的文化，从而改变她们的命运和未来？

电影？果然她们都感兴趣，从关于非洲肯尼亚的电影到非洲大地上的事物，讨论激发了女儿们对故乡的关注，为自己的家园骄傲，为自己的国家骄傲，信心油然而生。

我最早了解到非洲肯尼亚的风土人情，是从电影《走出非洲》开始的，丹麦女作家卡伦·布利克森将自己在肯尼亚近二十年生活的经历写成了小说，之后拍成的电影。

肯尼亚激发了很多作家和艺术家的创作灵感，很多人在去肯尼亚之前已经从文学和影视作品中感受到这个国家的魅力：在肯尼亚首都内罗毕拍摄的电影《永远的园丁》，取材于肯尼亚野生动物的影片《生来自由》，动画大片《狮子王》，海明威小说改编的电影《非洲的青山》《乞力马扎罗的雪》……

地球脸上最美丽的伤痕，东非大裂谷几乎跨越了东非所有国家，以埃塞俄比亚境内为最长，阿法盆地记录了古人类学上太多的荣誉与梦想。

肯尼亚位于非洲东部，赤道横贯中部，东非大裂谷纵贯南北。被称作"非洲的屋脊""非洲之王"的乞力马扎罗山，远在二百千米以外就可以看到它高悬于蓝色天幕上的雪冠，在赤道的骄阳下闪闪发光。

当跟女儿们聊到这些出自于肯尼亚的"经典"时，女儿们大睁着眼睛：你是怎么知道的？

你们同样也可以知道，读书啊。出身于贫困家庭的女儿们，大都兄弟姐妹很多，没有几个读过书，对我提供的书籍和电影，她们都很珍惜。

能有机会来到中国，我更希望她们珍惜这段时光。如果专业成绩卓越，我可以把她们都培养成教练；中国文化的学习，能让她们成为中非文化的交流使者。肯尼亚内罗毕大学孔子学院成立三年后，中国孔子学院总部与肯雅塔大学设立肯尼亚第二家孔子学院。开展汉语教学、培训汉语教师、举办汉语考试、提供中国教育文化信息咨询和开展语言文化交流活动，我的女儿们，我希望她们的学习能够继续到她们以后岁月的每一天。孔子学院是我为她们规划的另一个未来。

改变她们，她们再去改变非洲，这是我的目标。

希望她们也能够有意识地统筹自己故乡的体育资源、运动员资源、教练资源。非洲训练场地的规划还在我的大脑里，气候宜人、仙人掌比树还高的东非国家肯尼亚已经成为世界各国游客行走的目的地，国际训练基地的建设将会给肯尼亚带去更多的活力和生机。

如果你是部落酋长，你会怎么建设你们部落的未来？如果你是肯尼亚总统，你如何发展你与世界各国的文化交流？我希望我的每一个肯尼亚女儿不光能跑，还能飞。

一双跑鞋的马拉松接力

在柏临回国前，她把她在国际马拉松比赛中穿过的跑鞋留给了后来到达的柏梅；柏梅穿着小，把跑鞋送给了柏竹；柏竹把跑鞋送给了韩霞。

一双刷洗得干干净净的耐克跑鞋。在科大训练场，从跑道上下来的韩霞解开鞋带，穿上跑鞋，正好。

这双鞋柏临平时训练都不舍得穿，她只穿着参加比赛。她留给柏梅，是希望她也能够穿着它打比赛，柏梅说我已经沾到了好运气，下次比赛我会赢的。柏竹个子太高了，她很喜欢这双跑鞋，她很开心地穿过几次，因为太珍惜，平时收起来不舍得穿，可是脚长得太快，一下子穿不进去了，再挤一下，把鞋子顶坏就太可惜啦！

因为大家都不舍得，那双耐克鞋子传递到韩霞手上时，还挺新的。

在肯尼亚，孩子们最渴望得到的礼物就是一双鞋子，他们大多数人都是光着脚丫子。

肯尼亚对鞋子的需求越来越大，许多中产家庭的孩子有鞋穿，但穷人家的小孩只能穿旧鞋或破鞋，还有很多人共享一双鞋。

我的女儿们，不管是黑巧克力还是白巧克力女儿，她们每一个都有一颗闪闪发光的心灵。孩子们穷困，但不自私，她们还可以做更多的事情，她们的相互支持和鼓励让我这个老爸充满信心。

让更多的孩子穿上鞋子，是我另外一个愿望，我会争取尽快实现。孩子们经常会在不经意间给予我力量，我怎么能不富甲天下？

02 | 租一座山

两山夹一沟的地方，一定有水，我准备在那儿挖一个湖，湖里肯定有鱼，我那条养了快十年的大鱼"战舰"放生到湖里，湖里种荷花，那片林子还可以继续保留。

这顶上修标准的塑胶跑道，南边建国学书院，家长学院也是有必要的，那边是宿舍区、生活区、训练基地，那边是蔬菜和果园。我准备租下这座山——花果山，为孩子们建一个山间跑道，种菜种花种树。文武双修，平时也可以作为教师和家长学习培训基地。

我一直在寻找一个适合建设马拉松俱乐部训练基地的山头，无意中发现这儿的。

这座山，就叫太阳山。你看阳光完全照耀，这是最理想的选择，如果能够租下来。

我命名的山？有，隐圣山，初中时带着同学去探险，发现了一个山洞，里面有百姓生活的痕迹，洞壁上还有岩画、佛像，肯定有圣人或修行之人生活过。

我家附近有很多山，大面山、炮台山、东山、西山、大黑山、压儿山……

我特别喜欢山的高度，大山堂堂，峰登绝顶我为峰。

你们知道中国体育第一人是谁吗？

夸父！追逐太阳，九天九夜，中国马拉松第一人。夸父开创中国体育，长跑（逐日）、跳远（跨越沼泽）、投掷（手杖变成桃林）、中途跑（到黄河喝水）、冲刺……

每当我的后背被太阳晒热的时候，我都会想起夸父逐日的事件。夸父，一条道走到黑的人，永不放弃的人，有梦想的人。可是夸父到底是从哪儿出发的，他要到哪儿，是东西的方向，还是南北的方向。

每看到一片桃树林，我就会想起标枪投掷第一人——夸父。

夸父临死的时候，心里充满了遗憾，他还牵挂着自己的族人，于是将自己手中的木杖扔出去。木杖落地的地方，顿时生出一片郁郁葱葱的桃林。这片桃林终年茂盛，为往来的过客遮阴，结的鲜桃为人们解渴，让人们能够消除疲劳，精力充沛地踏上旅程。

　　每一个生命都是一个传奇，每一个传奇的背后都有一个精彩的故事。

马拉松疗法

在马拉松道上，最好什么都不要带，连私心杂念都不要带。没办法放下杂念，也可以带着，跑着跑着就跑没了。

马拉松比赛路途上有医疗队、医疗点、收容车，初次跑马拉松的人也不必太多担心。

马拉松全程四十二公里多，虽然一路上身边有很多人，但这一段路程却必须由你一个人完成，不能有任何的帮助，就是没人能代替你跑。即便你身边有一万个人，这场比赛也是你一个人的，马拉松跑是孤独的竞赛，自己对自己的挑战。

精神力量不是天生就具备的东西，而是通过训练和修为而成。

人类最简单的健康自救方式之一，就是奔跑。

健身长跑可提高呼吸系统和心血管系统机能，较长时间有节奏的深长呼吸，能使人体呼吸大量的氧气，吸收氧气量若超过平时的七到八倍，可以抑制人体癌细胞的生长和繁殖。其次长跑锻炼还改善了心肌供氧状态，加快了心肌代谢，同时还使心肌肌纤维变粗，心收缩力增强，从而提高了心脏工作能力。

健身长跑有利于心情舒畅、精神愉快，对缓解现代社会高节奏和激烈运动带来的精神心理紧张十分有益。轻松愉快的运动最能促进体内释放一种多肽物质——内啡肽，从而使人产生一种持续的欣快感和镇静作用。

长跑锻炼对于培养人们克服困难、磨炼刻苦耐劳的顽强意志具有良好的作用。

长跑本身，有利于思考，有利于思维的健康和思维能力的训练。最主要的是，通过长跑带来的生命的张力、带来的充沛的精力，是任何活动都不可以替代的。

马拉松的魅力之一，是比赛场地的开放。而马拉松赛的场地多从城市道路选取，对参赛者来说，每跑一步、每过一段都是不同的风景。

马拉松的魅力之二，是对参赛者的包容。其他体育项目，只有同等选手才能同场竞技，业余爱好者几乎不可能与专业运动员 PK，而马拉松赛不同，无论专业运动员还是业余爱好者，大家都可以在一起比赛。

你想健康吗？

你想快乐吗？

你想坚强吗？

你想绝望吗？

你想放弃吗？

你想筋疲力尽而后生吗？

快乐人生就从马拉松开始吧！

去雅典马拉松跑马拉松

　　每年高考，我的神经都会绷紧，每年都有我的孩子或者我的学生参加高考。《鲁豫有约》访谈节目组来鞍山采访时我正好陪孩子们去参加高考，我家那年就考上了五个孩子，接下来还要为五个高考生准备大学的学费，同时还要为前一年毕业于哈尔滨体育学院的孩子找工作。

　　高考对孩子们来说是一场挑战，对家长同样。高考前让孩子们放松是我的重点，尽管对他们的未来内心里充满期待，生活里还要装作若无其事，跟他们开玩笑讲故事，减轻孩子们的压力，条条大道通罗马嘛！当时就有个顽皮孩子跟话：老爸，我没打算去罗马，我想去雅典马拉松。你还别说，就那个孩子每次在马拉松比赛中都拿奖，我会为他们争取去雅典跑马拉松赛的机会。

　　去马拉松跑马拉松，像所有马拉松爱好者一样，那是孩子们目前最渴望实现的一个梦想：在马拉松故乡跑一次真正意义上的马拉松，完成心灵与身体的朝觐。

马拉松发源地雅典，也是我心目中的圣地，那个传递好消息的人用尽全身心的气力以最快的速度从马拉松跑到雅典。

2014年11月6号的雅典马拉松赛的路线相当复古，选手将沿着公元前490年斐力庇第斯从马拉松战场跑回雅典传递打败波斯人的喜讯的路线，起点设在马拉松发源地马拉松市，终点为雅典大理石体育场。体育场还是那个体育场，1896年首届奥运会的举办地，也是2004年雅典奥运会马拉松比赛的终点。

比赛设全程马拉松、十公里跑和五公里跑三个项目。

那个传递好消息的人——斐力庇第斯，从公元前490年一直跑到了公元2014年。

六百多年前，雅典军队在无外援的情况下在马拉松平原与波斯军队展开决战，最终以少胜多，打败了波斯侵略军。为了将胜利的消息告诉雅典城的居民，斐力庇第斯受命跑回雅典，为让同胞们早一点分享胜利的喜悦。斐力庇第斯不顾路途的遥远和饥渴伤痛，穿越了四十二公里零一百九十五米的距离，一刻不停地跑到雅典城，他到达以后只向自己的

同胞高呼了一声"欢呼吧，雅典人，我们胜利了"就倒在地上。马拉松赛跑的来源与一个好消息有关，与一个人的生命有关，我们为什么要跑马拉松，与什么有关？每个人有每个人的理由。

作家村上春树曾从雅典跑向马拉松，他说，他跑步，只是跑步，原则上是在空白中跑，也许是为了获得空白而跑。

同其他对抗或者爆发力的比赛不同，马拉松更注重经验、战术和团队合作。

2011 年，贵阳超百公里大盘山道国际公路挑战赛，大猫、朱宏伟、杨硕去跑过，2013 年 10 月，北京国际马拉松赛，从天安门广场到鸟巢，六六、杨硕、珠珠、肖晴、王琦都参加过，她们每一个都是在奔跑的路途上，检验自己的成长，见证友情，挑战自我。

在奔跑中，前二十公里很轻松，但腿容易抽筋，只能前进，不能后退，必须坚持到底，运动员就是战士，你中途撤下来，就是逃兵。不在瞬间的爆发，而在过程中的坚持。

马拉松就是人生，不跑马拉松，你体会不到，每跑一步，你都会有不同的思路。我第一次跑马拉松是在 1998 年，带学生们跑，四十二点一九五公里，孩子们有些恐惧的，我带着跑，他们更有信心。

奔跑的过程中，观众让我最感动，一路都有他们的声音：加油！跑友之间的鼓励也很重要，很多跑友相互搀扶跑。

我准备组织亲子马拉松，父母与孩子一起跑马拉松，绕着自己的城市跑一圈，或者是亲子接力马拉松比赛，自我挑战。

改变马拉松规则，双号和单号双向出发，迎面奔跑，趣味马拉松，让马拉松多样化，创造马拉松新历史。

03 | 梦想确实能照亮现实

周立波：前后养活四十多个孩子，你是富二代？

柏　剑：不是，我就是一个普通的中学体育老师。

周立波：柏剑老师你简直不是传奇，你就是神话！

柏　剑：我就是从大山里走出来的一个山里孩子。

人名与名人 · 我与媒体

周立波、崔永元、何炅、鲁豫、撒贝宁、方琼、张斌……他们不仅仅是一些人名，他们更是一群名人，在媒体界，他们都在用自己的良知和智慧传递民众心声和真善美的能量，与他们中的任何一个人面对面，都让我心生感动和敬意。

作为一个媒体人，要对得起自己的良知：媒体的声音，消极的东西给大家带来更多负面情绪，传递正能量会给更多人带来感动和信心。任何社会现象出来，要找根源，从根本上来解决。

跟风，我最担心媒体跟风，吃别人嚼过的馒头没有滋味。"公共电视应承担社会责任""先做人，后做主持人"，我最欣赏崔永元的观念。

"实话实说"，有时候也不能说实话，要不小崔就不抑郁了，他要是每天都能释放，哪有抑郁的机会。

我们鞍山人对崔永元的印象非常好。他来过鞍山，央视著名主持人崔永元千里迢迢来鞍山看望普通的三轮车夫"活字典"范伟，很多鞍山市民都表示惊讶和赞叹。崔永元用自己的奖金资助普通人治病，发动同行帮助辽宁鞍山抗癌协会"临终关怀"行动。

一下子拿出十万元来也不是件容易的事，小崔跟大家一样，也是挣工资的，只是他从小受到母亲的教育，要善待有困难的人，能帮的就要帮一把，而且在重走长征路的时候，他自己亲眼看到了许多贫穷的人，他们生活得非常艰难，自己有能力，一定要帮帮忙的。

在给病人买水果的超市，谁要求握手、签名，他也都是微笑着满足大家，不像有些明星那么"装"。

仁义，慈悲，敢说敢做，这也是小崔能够有力量坚持实话实说的根本。

在"感动中国真情人物"的颁奖现场，小崔对我的鼓励很大，让我坚定信心。在我内心深处，我代表我们鞍山人民感谢他。

主持人水均益、白岩松也都是很有勇气和力量的，媒体现在说实话的力量还是越来越大了。

鲁豫，我对她印象很好，平易近人，从心里与你聊天，真诚，尊重所有的孩子，参加《鲁豫有约》电视栏目，是我送给孩子们的一份礼物，孩子们都喜欢鲁豫姐姐，六六、王琦内心里都有当主持人的梦想，与自己的榜样坐在一起，对他们也是个大鼓励。

《说法英雄会》，参加过，撒贝宁非常幽默，在遇到火灾"逃生"演习中，轮到撒贝宁往下跳时，大家开玩笑把垫子撤了，他当时脸都吓白了，他身上没有安全绳，着陆后他笑说：落到地上的感觉真好。

我非常欣赏他的睿智和幽默，不愧是北大的才子。决定胜负时决定站队，参加他的节目，在游戏中切身感受消防的重要，这一堂课我在我的家庭里又演绎了一遍，孩子们的安全很重要。

在北京奥运火炬手决赛现场，我非常感谢主持人方琼和张斌的鼓励。

方琼，完全是个小女孩，特别适合做少儿节目，邻居家的妹妹一样。

张斌，大哥哥，绝对有才，尤其体育方面，聊什么都是骨灰级专业。

何炅是个"透明人"，他的笑很有感染力，跟小孩似的，很敬业，飞机晚点（雾大），非常疲惫地赶到录制现场，可一上台，马上神采飞扬。

参加湖南卫视的相亲节目《我们约会吧》，我灭了所有女孩的灯：确实不希望那些女孩中任何一个变成"透明人"，媒体一定会跟踪报道她，如果她与我走不下去，她还能找到对象吗，别选择了，是我的真实想法。

现在来信、来电话的也很多，我不敢回应。

周立波老师，就连我的孩子们都对他充满感激。

做好人比做名人更重要。

一个人，一张嘴，一个提示夹，周立波撑起了一台海派清口表演，一百二十分钟的表演，紧跟时代热点，关注民生话题，爱情、婚姻、家庭、事业、财富、生命、死亡……在调侃中充满智慧和反思，这不是轻易能做的，更不是一般人能做到的。

　　我认识的周立波不仅仅是舞台上的周立波。在 2005 年至 2006 年的寒冷冬天，他曾经在沈阳住过半年时间，自己租住了一间小公寓，面壁反省自己的人生，有时候两三个月不见任何人，海派清口就是在那个阶段想出来的。台上一分钟，台下他要付出十年功。人生需要停顿，需要走走看看停停想想。

　　他把"梦想秀"称作一场人生修行，作为"梦想大使"周立波说：四十岁以后学会了为别人哭。两年时间，六季"梦想秀"，五百多个梦想选题……作为"梦想大使"的周立波已将自己完全融入"梦想秀"。站在舞台上，他帮助每个追梦人梳理梦想，与观众嘉宾调侃逗趣，为追梦人流泪也陪追梦人疯狂。

　　"梦想大使"的义务，慰问追梦人，安排承诺——为我们大家庭支付十年房租，他不辞辛苦到鞍山来，我们都很感动。"每一次追梦人对我的感谢，我都是不接受的，我觉得他们接受，也是对我的公益慈善。"他很认真，认真倾听和回答。

　　事实上他和太太始终在致力于慈善事业，每一期"梦想秀"中自己和太太都在捐款。国务院副总理曾给他们颁过中国公益慈善最高奖——中华慈善奖。

作为媒体人，他很肯定：只要我还能做一天这个节目，只要这个节目还能在电视上播出，它每天的存在，都是我的自豪以及我家人和团队的自豪。

关心普通老百姓的梦想、帮助真正需要帮助的人，这才是老百姓需要的节目。

周立波实话实说

周立波：不是我，是我太太叫我支付房租的。当时的状况是这样的，我还来不及激动，因为我要控场，但是我太太她失控了！事实上每一期我太太都会在台下看，但是柏剑这一期让她很激动，现场就直接对我说："我们来付！我们来付！我们来付！"太太平时是一个很冷静的人，她竟然失控了！可能是柏剑的事迹让她太感动了。

周立波：事实上我们每一场都在捐款，但是我规定不许上镜头，剧组都知道我太太每一场都会坐在下面，几千几万都会给，到现在几百万已经进去了。这件事到目前为止没有任何影像报道，虽然有资料，但我是希望老了以后拿出来看看会觉得蛮好。事实上这不是钱的问题，而是传播的问题，公众人物做公益慈善还是有很大号召力的。

周立波：我不喜欢用低调这个词，低调的话大家怎么可能还知道了呢？其实我们是怕引起歧义，现在想做点好事也不容易，做好事很可能会导致麻烦，其实这是社会利他心态不成熟的表现。中国人自己把"做好事"弄得太高尚，什么事一旦太高尚就会很累。我对慈善的理解跟一般人有所不同，某种意义上我是在为自己做，而且我不觉得自己高尚。

周立波：我们家分得很清楚，我负责赚钱，我太太负责消费；我负责伤害，我太太负责积德。

事实上公益已经成了我们的日常行为，每个月我们都有这方面的固定支出。我们关注比较多的是自闭症、脑部有疾病的，目前为止有两个家庭我们是一直关注的。现在太太为了这些把所有的生意都停掉了，全职做公益，为家庭的平安保驾护航，做一件好事可以抵掉三件坏事。

　　周立波：我们结婚时候说好的，所有的礼金都捐出来做公益，我们拿了六百万，其他朋友拿了三千四百万，这证明我人缘不错——一个晚上我收到三千四百万。人在世界上也不过上万天，做点有意思的事情，死后留名，给孩子们树一个榜样。人心向善，但是善良不是没有原则的。我太太是虔诚的佛教徒，不过我明确表示六十岁之前不会皈依，原因是我一旦皈依就没有了锋芒，没有了锋芒坏人就有利可图。

　　周立波：柏剑在为自己做，因为他很幸福，几十个人叫他爸爸，一般来说这是黑社会啊，哈哈哈！作秀能作多久，十几年？如果这样的话，我想要么就是我们理解有问题，要么就是他脑子有问题。换个角度来讲，如果一个人坚持作秀十几年，那么这已经不是秀。我们梦想秀就是最不像秀的秀，可以作秀但不能作假，可以感动不能心酸。

我们都认识柏剑

陈东风：

认识柏剑五六年啦！以前听说过他的事儿，觉得他很不容易，小女儿也喜欢体育，认识也许是早就注定的。认识柏剑之后，我有个改变，能主动去帮人，看到谁有困难了，想搭一把手，尽点力量。

认识他时正是他最难的时刻，那年他有三四十个孩子，两馆动迁，他从不说他有困难，我能感觉得出，就帮他建塑胶跑道，装修两馆。他一天到晚乐呵呵的，他说：这辈子太短暂了，下辈子太遥远，珍惜身边的人。

他关注任何事物，他不是心细，而是他觉得所有的人和事物都与他有关。我很幸运，身边有这样的兄弟，照见自己的生活。

我身边的人受柏剑影响也很大，不管是局长、院长，还是社会上的朋友，都很感叹，也尽力支持他。

柏剑还是我的书法课同学呢！在两馆时，孩子们睡着了，我们就一起写字。还拜了高师——在海关任职的书画家马德林先生，在马老师的工作室，从点横竖撇捺开始，写字、喝茶、听古筝，心态平和，真是极大的幸福。老师跟我们分享他的书写心得，中国字方方正正，做人也是如此，王羲之的书帖里，在同篇里每一个字再次出现，都会变化，王羲之绝不重复前一个字的写法。可惜，老师去年过世，相见恨晚。

我和柏剑都是宠孩子的，但他很有原则，学习上、生活上，出什么问题他都有办法解决。他的孩子们多，问题也多，各种状况都有，幸亏他是个孩子王。

朋友战东为孩子们编写了书法教程，柏剑在每一次书法课上都和孩子们一笔一画写字，他不仅仅有耐心。

柏剑大学同学艾老师:

柏剑,他是从"老疙瘩"到"老大"。

在家里,他最小,在大学我们同一寝室,他还是最小,是我们的老疙瘩,可他有当老大的情怀,他心大。

我们读大学时,都是啃老族,没钱了就朝父母、哥姐伸手去要;柏剑不一样,他自己去挣,他蹬三轮,他开小吃店,我们都去吃过。

他在全省体育老师的技能比赛中是最好的,田径、体操、球类……孩子们都叫他老大,心里服他。

爱心志愿者体育老师张春兰:

八岁的张星和妈妈张春兰一起从沈阳到鞍山的梦想之家,体育老师张春兰帮厨两天——

能有这样一个大家庭,让孩子们健康快乐成长,这真是对社会的一份贡献。要是有更多像柏剑这样的人就好了,流落在社会上的那些孤儿能更多地得到家庭的温暖,大家都尽可能分担,孤儿毕竟是少数。

要想培养好孩子,还需要做父母的懂得教育。很多家长不懂得尊重孩子,每个孩子都是独立的生命,把孩子培养成独立生存的社会人,不是件容易的事情。

每个人的生命都有与大自然相联系的密码,柏剑能够带孩子们融入自然,挖掘每一个孩子的潜力,还需要他花费更多的心力。在梦想之家,柏剑是家长,又是"班主任",还是体育老师,柏剑他自己还是个孩子,希望他早日结婚,有个自己的孩子,真正从"老爸"到老爸。真诚祝福他!

一个志愿者科技大学动漫专业的学生木耳:

在鞍山的大型传统文化学习讲座期间,柏老师和我们一样,是志愿者。

他是我遇到的最让我感动的人,特别阳光,做什么都很认真,做得正，行得更正，散发自己热量给别人。从他身上我认识到，平凡同样可以造就辉煌。

栖凤双语小学学生杨萧竹：

今天听了柏剑老师的讲座，我深有触动，因为柏剑叔叔他有能力养那么多哥哥姐姐弟弟妹妹，很佩服他。他四十多岁，我希望他快点找一个老婆，这样他们就能一起抚养那些孩子了。

栖凤双语小学校长刘志云：

孩子们在这里要快乐地学习、幸福地成长，如何给孩子们传递一些正能量，这是我们一直探索的非常有意义的课程。柏剑老师的感动事迹遍布中国，他的这种阳光健康的形象符合我们栖凤的形象代言，所以我们就想到了请他来做我们的荣誉校长。

时代·蝴蝶湾董事长彭杰：

其实，我们一直在思考，如何把学校建好，不是只有大楼就行的，更应该有大师；而对于处在成长阶段的孩子，更是要有一个精神导师。而柏剑，这位"中国好爸爸"，他身上所散发的精神光辉，正是孩子们在成长阶段需要吸取的，是一种很难得的精神养分，所以，我们找到了他。

柏剑是一个正能量传递接力的开始，那么接下来的接力棒，还会给人更大的感动和震撼，这种接力将随着时代的不断发展而不断延续、传递并扩散开来。

我觉得，不仅是学校需要这样的教育，我们企业作为社会的一部分，也需要接受这样的教育，也需要传递这样的正能量。

柏剑的大儿子（在社区工作）：

我从小到大没有皈依什么门什么派，只记得老大一句话：一定与人为善，尽心尽力，无愧于个人，无愧于社会。他为孩子们所做的一切都是馈赠，不是他应当应分的，有的人说他傻，有的人说他作秀，说话的人应当去尝试一下，看能坚持多久。二十年，不是一句话两句话能说出来的。

我能做多少就做多少，堂堂正正，踏踏实实。小时候没有梦想，迷茫时，老大出现了，那时我就不爱学习，不考试、逃课、打架，什么都干，他能看到问题的根本，他看得到我还可以教育。

"不是事儿"，是老大的口头禅。平时和我们在一起玩闹没心没肺的，多大的事儿他在我们孩子面前表现得都是云烟，我们都知道他有解决任何问题的办法，心疼肺疼只有他自己知道。

鞍山市民政局郑志库先生：

我于 2000 年 1 月在举办一次展览活动时与柏剑相识，在以后交往的过程中，我陆续知道了一些柏剑收养孩子的事迹。从此以后，我开始走近柏剑，走进柏剑的生活，走进柏剑的人生。终于发现我心中的柏剑，他不是明星，却用手绘制了精彩的人生；他不是英雄，却用心点亮了他人的未来；他不是女性，却用爱展现了慈母的胸襟；他不是大腕，却用脚走出了感人的征程。

这么多年，柏剑让这些孩子从没有人管，变成有家；从缺少亲情，变成有爱；从情绪消沉，变成有笑；从面临辍学，变成有才。被柏剑资助的孩子都在茁壮地成长，而柏剑却把人一生中最宝贵的光阴年华都奉献给了孩子，他丝毫没有顾及自己。按照常规柏剑早已到了谈婚娶妻的年龄了。到他这个年龄，有人恐怕孩子都已经上小学了。对于成家，柏剑何尝不想呢？但是，柏剑每当看到孩子们背着书包高兴地走进教室，每当听到孩子们亲切地喊"爸爸"，他就把自己的婚姻大事抛诸脑后。

为了解决终身大事，好心人和亲戚朋友没少给柏剑介绍对象。开始介绍的女朋友一看到柏剑家有这么多孩子，有的转身就走，有的处上一段时间，看到柏剑整天围着孩子转，没有时间陪自己，也就拉倒了，处得时间最长的只有一年。柏剑把自己的青春年华都献给了孩子，他把为孩子花钱当成自己最有成就感的事，他把教育孩子成才作为自己最大的乐趣，他把这些毫无血缘关系的孩子当成自己的骨肉，这是多么高尚的情操！

从香港来的爱心人士袁燕老先生：

我来了十多天了，感动，我就不讲了，从烧年饭开始，到元宵节，让孩子们开心过年。这些天，我感受最多的还是柏剑太辛苦了，什么事都要操心，什么事都要等"老爸"去解决。孩子们当中有没有人站出来帮"老爸"一起挑担子？不要怕做不好，不要怕碰钉子，将来做个什么样的人，你有目标计划吗？你的终极目标是什么？大家都要认真想一想。

我是很具体的人，以前也玩世不恭。我承诺，只要我们这个大家庭存在，我要陪他们十年。我从没有做过公益活动。我是看了11月18号的"梦想秀"后，我没有柏剑电话，不认识任何人，直接就去买了票，从武汉坐二十四个小时硬座，到鞍山。

孩子们都叫我爷爷，大年三十晚上，孩子们排队磕头拜年，我感动啊！我不能做什么大事，我做一点小事。我要尽到我这个爷爷的责任，我有我的能量。

我为什么要重出江湖？

一，我要挣钱；二，我要帮助有学医梦想的孩子实现梦想。

我退休好久了，很多单位返聘我，都被我拒绝了，现在看到柏剑老师和孩子，我准备重出江湖，我想帮孩子们落实桌椅问题。我是自由人，我有的是时间。

第一次见到袁先生是 2 月 4 号，正月初五，六十七岁的老先生流着泪，说：我是来做饭的，给孩子们做年夜饭，让大家开开心心过年。

老先生是个医学专家，他说：柏剑太忙，里里外外的事儿都需要他解决。这个小伙子不容易啊，我先去做饭去。

老先生转身进去厨房。

张春兰老师在洗碗，艾老师在体育训练场带孩子们训练，木耳同学在帮着孩子们剪纸，陈东风先生帮着搬运大米……每个到梦想之家来的人，都有强烈的感触，自己做得太少，能搭把手，就赶紧伸出手，一个篱笆还三个桩，一个好汉需要众人帮。

在采访中有三天中断，柏剑老师提到了彭杰先生和他们的约定。

当彭杰先生听到朋友介绍柏剑的事迹后，他按捺不住内心的激动，从贵州飞到辽宁鞍山，找到了柏剑，邀请柏剑到他创办的栖凤小学讲课。彭杰觉得，在小

学阶段，孩子们需要学习的不是死板的知识，而是影响他们一生的精神力量，信仰、博爱、自信、坚强等，教育的真正目的，是教给孩子最基本最朴实的做人道理，应该是传递知识和正能量的平台，学校的教育，应该以德为先。

彭杰先生说到做到。他在自己开发的房地产小区内建立了八个开放式的场馆，如图书馆、美术馆、娱乐室等，让业主们能有沟通与交流的平台，能够从物欲的世界里走出来，走向诚信、健康的生活方式；而对于员工，他们也通过对员工各方面的考核，包括人格品德、服务态度等来勉励员工做诚实可靠的人。

"成长责任我来担"，柏剑信守承诺，带着部分孩子们到贵州栖凤双语小学，与孩子们分享了自己的故事，通过故事来告诉孩子们什么是感恩、什么是担当、什么是爱国……把成长的快乐传递给他们，包括给孩子们的爱，希望爱在他们心里能够生根发芽，传递出去，同时让他们感受到，

长大后有一份担当和责任，为了自己、为了家人、为了我们的祖国乃至为世界做点贡献。

如何培养孩子成为有信仰的人，柏剑知道。

中国好爸爸奖

周立波：前后养活四十多个孩子，你是富二代？

柏　剑：不是，我就是一个普通的中学体育老师。

周立波：柏剑老师你简直不是传奇，你就是神话！

柏　剑：我就是从大山里走出来的一个孩子。

周立波：柏剑是个了不起的东北男人，他的了不起在于他对梦想的坚持。

柏剑目前是辽宁省鞍山市华育中学任教的一名体育老师，自1995年参加工作以来，仅靠自己平凡的收入先后助养了七十多位孩子，这些孩子中有孤儿、单亲孩子、贫困家庭儿童、留守儿童，甚至还有非洲孩子，目前已经有十八个孩子进入了大学或步入社会，他曾经在2008年获得北京奥运会火炬手殊荣，在英国传递火炬。他以超凡的毅力和胆识培养和训练了一批又一批田径运动拔尖人才。为了更好地养育孩子们，他至今未婚。他的无私大爱感动了孩子们，得到社会的尊重和爱戴，他的道德信仰、精神文化感动了中国，因此被评为"中国好爸爸"！

经过第六季《中国梦想秀》圆梦特别节目现场的三百位梦想观察团投票，最终感动了亿万观众的"中国好爸爸"柏剑，获得"最受欢迎追梦人奖""无私担当奖"等五个单项大奖。

1973年，柏剑出生在葫芦岛市建昌县药王庙乡一个小山村。

1995年，柏剑以锦州师范学院全校毕业生总分第　名的成绩完成学业。

1995年7月，柏剑到鞍山市二中做体育教师。

1996年，柏剑开始收养第一个孩子。

2004年10月31日，在大连举行的国际马拉松赛中，柏剑带领的运动员获得女子马拉松接力冠军、男子马拉松接力第三名，并包揽女子小马拉松金银铜牌。

2005 年大连国际马拉松赛，获得女子马拉松接力第一名。

2005 年马来西亚吉隆坡马拉松赛，获得团体冠军。

2006 年北京国际马拉松赛，获得女子马拉松接力第五名。

2007 年被评为"感动中国十大真情人物"。

2007 年 8 月 25 日，经过层层评选，柏剑成为 2008 年北京奥运会火炬手。

2008 年 4 月 6 日，柏剑在英国伦敦传递奥运会火炬，作为第二十七棒传递了第二十九届奥运会火炬。

2008 年辽宁苗子杯田径赛获金牌总数、奖牌总数、团体总分第一名。

2009 年在四川举行的全国中学生运动会获得女子八百米冠军。

2010 年 2 月参加湖南卫视《我们约会吧》，个人故事感动在场女嘉宾。但是柏剑因为个人原因并没有接受任何人，独自离开了舞台！

2010 年 4 月 25 日参加山东卫视《天下父母》，二十四个孩子一个爸的艰辛与幸福，感动很多家长、父母。

2011 年 4 月在国家体育总局注册马拉松俱乐部。

2012 年 2 月前往肯尼亚及埃塞俄比亚考察外籍运动员引进事项及非洲训练场地建设。

2012 年 5 月丹东国际马拉松赛，获得女子半程第一、第三、第四、第五名，男子第七名。

2013 年 10 月 17 日参加浙江卫视《中国梦想秀》获称"中国好爸爸"。

亲们早安

每天凌晨四点起床，带着孩子们奔跑在春夏秋冬的柏剑老师，在我们还沉浸在迷梦之中、在太阳升起之前，会把他的思考和祝福一并送出。

在柏剑老师的日记里，每一天都有奇迹。

钟表，可以回到起点，却已不是昨天；日历，撕下一页简单，把握一天很难。亲们早安。

如果你真想做一件事，你一定会找到一个方法；如果你不想做一件事，你一定会找到一个借口。越野十六公里我们愉快地走起！亲们早安。

导航再好，给的是方向，代替不了车，车要自己加满油、充满动力，才能驶向目的地；导师再好，给的是方向，代替不了谁，我们的人生必须自己经历，才能真正实现梦想！亲们早安。

走不出去，家就是你的世界；走出去，世界就是你的家！如果你不花时间去创造你想要的生活，你将被迫花很多时间去应付你不想要的生活！选择意味着改变，改变意味着行动，行动意味着执行，执行意味着收获结果！亲们早安。

学会快乐，没有人会为你的痛苦买单，心情是自己的，时刻提醒自己：我爱你！学会自我欣赏，苹果最光辉的时刻，就是砸在牛顿头上，相信自己是最好的，说不准下一个被砸的就是你。亲们早安。

放下固执己见，宽心做人，舍得做事，赢得的是整个人生；多一分平和，多一分温暖，生活才有阳光。亲们早安。

看不开，就背着；放不下，就记着；舍不得，就留着。

等有一天，背不动，就看开了！记不得，就放下了！留不住，就舍得了。亲们早安。

人生最重要的是认识自己，知道自己的目标、方向和实力，而不要在乎别人如何议论你，努力到无与伦比，奋斗到感天动地！亲们早安。

命运如同手中的掌纹，无论多曲折，终掌握在自己手中！越野十六公里我们在路上。亲们早安。

随和，是一种素质，一种文化，一种心态。随和是淡泊名利时的超然，是曾经沧海后的泰然，是狂风暴雨中的坦然。亲们早安。

要想改变口袋，先要改变脑袋！旅游需要导游，人生也需要导师！读万卷书，不如行万里路；行万里路，不如阅人无数；阅人无数，不如名师指路；名师指路，不如跟随成功者的脚步！虽然未必每一个教练都能教出冠军，但每一个冠军都有教练！你有人生教练吗？如果没有请第一时间找到他！祝今天参加中考的孩子们考试顺利！亲们早安！

学会感恩，学会付出，学会包容，学会担当，全世界都会为你让路。亲们早安。

与人为善，乐于付出，助人为乐；遇事以平静的心态去对待，这样就会永远拥有快乐的心情，有了快乐的心情，就拥有了健康。亲们早安。

真诚待人，遇到磨难时忍辱不辩，才是正人君子之所为。越野十六公里我们在归途，亲们早安。

把心整理干净，这就是修，一呼一吸，动静之间皆要合乎道理。修道首先要有清净的心，至诚的心，还要要有耐心！让我们一起走在修身的路上，加油！亲们早安。

感恩我的灵魂导师——来自马来西亚的钟积成老师，来梦想之家书院给宝贝们上课，感恩感恩感恩，就近的亲可以过来听！亲们早安。

记住别人的好，拥有一颗感恩的心生活，远比记住别人的缺点、毛病，怀着一颗怨恨之心痛苦地生活要强上几十万倍呢！亲们早安。

让步，在情感中不是退却，也不是从权，而是一种尊重，一种人格，一种胸襟，一种涵养！亲们早安。

拥有感恩的心，需要我们用心去观察，用心去感悟，更需要我们去爱。草木旺盛地生长，为的是报答春晖之恩；鸟儿拼命觅食，为的是报答哺育之恩；禾苗茁壮地成长，为的是报答溪水的滋润之恩；孩子努力学习，为的是报答父母的养育之恩。亲们早安。

感恩，是一种生活态度，常怀感恩之心，以德报德，知恩图报，无愧于心，潇洒坦然在人世间走一回！亲们早安。

如果心胸不似海，又怎能有海一样的事业！越野十六公里我们愉快地走起！亲们早安。

无论你走到哪里，无论天气多么坏，记得带上你自己的阳光。亲们早安。

跑步结束后，感恩境源素食刘老板请宝贝们吃早餐！只是接待我们之后其他客人都没得吃了。亲们早安。

我们可以不必理会别人奢侈的掌声，但应在乎自己在胜利征途上迈出的每一个脚印。

性格决定命运。气量大的人，成就也大；气量小的人，为小事所拘，故难成大事。亲们早安。

任何成功都不是一蹴而就的，也不是纸上谈兵，没有前期的积累和沉淀，怎能坐享后期的果实？所以说吃得苦中苦，方为人上人。与其羡慕他人，不如提高自己。亲们早安。

选择厚道，不是因为笨拙。因为明白，厚德能载物，助人能快乐。为期三十六小时的军旅国学特训圆满收官！感恩正义团队对梦想之家的无私奉献和满满正能量传播，感恩家长、老师的理解支持和全身心投入，感恩宝贝们不怕苦不怕累的优秀品质，感恩那么多好朋友现场观摩指导。亲们早安。

带着感恩的心启程，学会爱，爱父母，爱自己，爱朋友，爱他人。

今天下午 3:00，梦想之家军训成果汇报展示，在鞍山市第三十一中学召开，诚挚邀请有时间的亲，亲临现场观摩指导，感恩！感恩！感恩！

感恩郑义教官率领"郑义团队"来梦想之家做公益军事拓展训练，让宝贝们从小就培养军人的气质！感恩！感恩！感恩！就近的亲可以参

加体验!

　　亲们早安。

　　在刚刚结束的 2016 辽河湿地半程马拉松赛中，鞍山市华育学校暨梦想之家代表队，荣获男子第五、第七、第八、第九、第十三、第十七、第十九、第二十五名，女子第十一名。感恩亲们的关注，下次比赛再见。

　　2016 盘锦红海滩湿地马拉松赛北京时间 9:00 开赛，宝贝们冒雨出发，加油宝贝们!

　　端午节"火炬手"亲自下厨，给全家做一顿午餐，家人的快乐就是我的幸福。端午节安康吉祥!

　　吃素一日，放生一天。呼吁庆祝儿童节的宝贝素食更健康! 亲们早安。

　　聪明是一种天赋，而善良却是一种选择。善良是世界上最美好的品德。她或许不能让你得到所有你想要的，但却会让你所做的一切都内心安定。亲们早安。

　　最美好的生活方式，不是躺在床上睡到自然醒，也不是坐在家里无所事事! 而是和一群志同道合充满正能量的人，一起奔跑在理想的路上，回头有一路的故事，低头有坚定的脚步，抬头有清晰的远方。亲们早安。

　　最高的人品，才是最高的学历。亲们早安。

教育的本质就应该是爱与关怀！宁可勤奋，也不能无所事事，勤奋是一切成就的必要条件，而且本身就是一种幸福的源泉；它能使你每天都有成就感。亲们早安。

美丽的城市，漂亮的公园，幸福奔跑的宝贝，和谐的大中国！亲们早安。

成功是一趟旅程，秀色美景不在目的地，而在路程之中。不能享受过程，难耐长久，更会渐失希望。每一条路上，都有许许多多美妙的风景。智者凡事讲究过程的享受而不看重最后的结果。过程远比结果有意义，我们学会如何去享受过程，你也就学会了享受人生。享受是一种心情，更是一种素养，还是一种境界。亲们早安。

梦想之家书——家心苑，在来自海内外众多爱心人士的资助和亲切关怀下，终于圆满开班，感恩！感恩！感恩！亲们早安。

天佑中华有先师，厚德传承继圣贤！为天地立心，为生民立命，为往圣继绝学，为万世开太平！

为了给梦想之家的孩子们一个更好的读书学习、修身养性的环境，在众多亲朋好友及社会爱心人士的鼎力帮助下，梦想之家的"家心苑"筹备已全部结束，拟定于 5 月 15 日上午 9：00 举行开班庆典，一方面为答谢各方人士的爱心帮助，一方面可与家人朋友们同欢共聚向大家汇报一下梦想之家的成长。庆典当天我们会有别具一格的开班仪式及孩子们的精彩表演。

热烈欢迎我的家人朋友们届时大驾光临，您的到来是我的荣幸，梦想之家表示衷心感谢！

用心去生活，别以他人的眼光为尺度。爱恨情仇其实都只是对自身活着的，每一天幸福就好。珍惜内心最想要珍惜的，三千繁华，弹指刹那，百年之后，不过一捧黄沙。亲们早安。

心宽，天地就宽。容得下他人，也就装得下无尽的快乐！雨后的钢城路上，宝贝们幸福地奔跑，越野十六公里，我们在路上！亲们早安。

每一个清晨，给自己一个微笑，告诉自己，人不仅活得要像钻石一样闪亮，还要像钻石一样坚强，通过努力换取成功，保持阳光、积极、包容的态度，好运的正能量就每天跟着你！亲们早安！

人心只有向善，才能被阳光照耀，所以善的契约才在世界普遍存在。懂得珍惜这种契约的人是高贵的。亲们早安。

清晰美丽的钢城早晨，宝贝们幸福地奔跑在路上，越野十六公里我们愉快地走起。亲们早安！

感恩感恩感恩，河南新乡传统文化协会给我这次学习和修身的机会，孩子们让我感动。

感恩一切，每一次的醒来，都是一次生命的延续，无论生活给予你多少考验，世人对你有多少误解都没关系，做好自己才是最重要！花若盛开，蝴蝶自来，人生最难能可贵的是看透一切后，还能每天保持着激情，去创造去实现你存在的价值。做人一定要有气度，感恩能再一次醒来的自己，没有曲折的人生就失去了意义！美好的一天由一颗感恩的心开始！亲们早安。

一个拼搏的人，没经过脚走出泡、手磨出茧、眼里充满血丝却又累得睡不着，那不叫拼搏；选择成功，上天就会设一道道坎，让你煎熬，让你难受，让你蜕变，让你脱胎换骨！心中有梦想，人生有价值。相信自己，你能成功。亲们早安。

山不解释自己的高度，并不影响它耸立云端；海不解释自己的深度，并不影响它容纳百川；地不解释自己的厚度，但没有谁能取代她作为承载万物的地位……宝贝们越野十六公里已经在归途，亲们该锻炼身体啦，早安。

尝过被人温柔以待，就选择以后也温柔待他人……你的经历给你反思，反思后你的选择决定你成为怎样的人，成为怎样的人决定你有怎样的教养。亲们早安。

读万卷书虽好，但不如多注意自己的行为道德。多样的经历可以使你理解不同人的生活，内心也就变得慈悲起来，不需要刻意去表现自己的举止，你平日的一言一行都是反映你教养的名片。亲们早安。

要学会调整心态，有良好的心态工作就会有方向，人只要不失去方向就不会失去自己。心态的好坏，在于平常的及时调整和修炼并形成习惯。

人活在世上，凡事都要看开点，看远点，看淡点，心胸要豁达些、大度些，相信"任何事情的发生必有利于我"且"办法总比困难多"，也就没有流不出的水和搬不动的山，更没有钻不出的窟窿及结不成的缘。亲们早安。

走自己的路，按自己的原则，好好生活，即使有人亏待了你，时间也不会亏待你，人生更加不会亏待你。美丽的校园，我们在享受奔跑的快乐，亲们早安。

东北的天，是嘎嘎冷的天，宝贝们在零下二十度越野十五公里依然可以大汗淋漓！亲们养成锻炼身体的习惯吧！早安！

在刚刚结束的香港国际马拉松赛中，"共赢国际梦想之家"暨鞍山市华育学校的宝贝荣获第二名！感恩！感恩！感恩！

人生最大的痛苦就是心灵没有归属，不管你知不知觉，承不承认。心存美好，则无可恼之事；心存善良，则无可恨之人；心若简单，世间纷扰皆成空。亲们早安。

孩子的命运掌握在家长手上。把天才培养成庸才，是对家庭和人类文明最大的犯罪。无论父母事业上多么成功，也抵不了教育孩子的失败。由于大多数家庭都只有一个孩子，我们大概连改错的机会也没有，连补偿的机会也没有，所以我们只有把这个唯一的孩子教育成功了，这几乎就是家庭最重要的成功，也是你一生最重要的成功。

农民种庄稼，光靠爱，不行，只有懂种庄稼之道才有好收成；教育孩子，仅有爱，不够，只有懂孩子的成长规律才有好未来。亲们早安。

世间真正的高手，是能胜，而不一定要胜，有谦让的胸襟；能赢，而不一定要赢，有善解人意的意愿。亲们早安。

你若恨，生活哪里都可恨；你若感恩，处处可感恩；你若成长，事事可成长。不是世界选择了你，是你选择了世界。亲们早安。

告诉自己，我可以不完美，但一定要真是；我可以不富有，但一定

要快乐！亲们早安。

　　阳光，不只来自太阳，还来自我们的心。心里有阳光，能看到世界美好的一面；心里有阳光，能与有缘的人心心相印；心里有阳光，即使在有遗憾的日子，也会保留温暖与热情；心里有阳光，才能提升生命品质。自信、宽容、给予、爱、感恩，让心里的阳光，照亮生活的每一天，开心每一天！感谢有你！亲们早安。

　　……

Dad's Marathon

爸爸的马拉松

中国好爸爸——柏剑

The 7 chapter

第七章
从信到信的接力
——写给梦想之家的梦想孩子

亲爱的 ~~地球~~ 地球：

太阳落山了你知道 我
今天下午绕 操场 跑了10圈，
你知道吗？

我将来 会绕地球跑一圈，等你来大唤。
~~我们约定一下~~ 我们约定一下，

祝福地球上的万事万物开心快乐！

我们约定一下 太空跟
地球见面。在

柏和
2014.7.12

我告诉地球
所有人都要做好人不 做坏人
你
做坏人 地球
如果你你
警察不来 找 事
你你 灾难 就会来找
警察不来 找 皇帝
就会来找 警察不来 我们

《论语·学而》："吾日三省吾身，为人谋而不忠乎？与朋友交而不信乎？传不习乎？……信近于义，言可复也。"

生活中有无数事都是需要我们凭借信心来接受的，信心能扩大我们的视野，看到一些平常看不到的东西。信心并不是多么复杂，也不带任何神秘的色彩，它只是简单的两个字：我能。

因为有信心，我们才有梦想。

谈起梦想，柏剑说：帮助更多的人实现梦想，就是我最大的梦想。

01 | 我还有一圈儿

柏和，目前梦想之家最小的孩子，八岁，广西壮族人，最喜欢提问的小孩。

柏和正在写信——

亲爱的地球：

太阳落山了，你知道吗？

我今天下午绕操场跑了十圈，你知道吗？

我将来要绕地球跑一圈，你相信吗？

我们约定好了，请等我长大噢。

祝福地球上的万事万物开心快乐！

柏和

2014. 2. 12

坐在旁边的我是柏和的助手，他不会写的字会请我写在纸上，他一边学写字，一边写信。

亲爱的柏和：

你好。

我给很多人写过信，也等待过信，教人写信，还是第一次呢！你第一次写信，就写给了地球，地球上的万事万物都因你的祝福而更加开心快乐。我也在地球上，我也要谢谢你，如果我能够代表地球，我愿意和你约定，等待你长大，和你一起赛跑。

今天在操场上，我已经和你跑了三圈，柏和，你问的问题我一直在想答案，你说：老大为什么让我们每天都跑步？

这个问题，你问过老大吗？

当大家都在奔跑的时候，你一个人默默地跟在后面跑，大哥哥姐姐跑得快，从你身边跑过的每一个人都因为你的坚持而加快脚步，你个子太小了，你还只有八岁，你穿的鞋子太大了，你的羽绒服大帽子会挡住你的视线，你跑得也不够快，可是你一直坚持跑在最外圈，你独自的奔跑让站在操场边的我也忍不住跑向跑道，我们并排跑，夕阳故意徘徊不去，想必它也有陪伴你的愿望。

早早跑完的哥哥姐姐们放松活动都做完了，老大问：都跑完了吧？

你说：我还有一圈。

没有人为你跑的圈数计数，没有人在意你能够跑多少圈，因为你还小，可是你自己知道，你为自己定了十圈，你还有一圈。你坚持从老大身边跑过去，最后四百米，你一定要跑完，你身边的我也从此决定——柏和，亲爱的小孩，你的未来我们一起奔跑。

你在车窗玻璃上涂鸦写自己的名字，你对每一个字都充满好奇，"信"，是我教你写的第一个字。我相信，你一定会成为最懂得字的那个人。训练回来的路上，你累得睡着了，抱着你，我感觉一切都像一个梦，你这原本成长在广西壮族的小孩，因为父母的离世，你的生活充满悲伤和孤单，很幸运，你到达这东北的大家庭——梦想之家，有爷爷奶奶、二姑、三姑、老大，还有好几十个哥哥姐姐们，你的生活每一天都充满奇迹。柏和，请让我悄悄地羡慕你，你一定会创造一个更大的奇迹，我坚信。

人生也是一场奔跑，老大让你和其他小哥哥跟随大家在操场跑步，是希望你有强健的体魄和坚韧的毅力，老大每天因为你的小变化你的小感悟而充满信心，他甚至骄傲地说，小柏和说不准将来会成为个大作家呢。

老大的感觉太敏锐了，你晚上坚持要写完的那封信已经泄露了一点天机。你虽然不会写字，你却坚持把你信中想表达的每一句话的每一个字学会，那封信，你写到晚上十点多，如果不是老大催你休息，估计你会写到天亮。

地球人都会知道的，地球上有个小孩，叫柏和。

对了，柏和，你问我地球在哪里？我们永远都会在地球上吗？这两个问题也是我小时候问过的，我也去追寻过答案。我尝试着了解宇宙太空，发现地球就像我们仰头看到的天上的星星一样，很小，可是我们居住在地球上的人又很多，有七十多亿。我们是黄皮肤，还有白色的人、黑色的棕色的人，世界上有各种民族两千多个，有二百二十六个国家和地区。各个主权国家和地区通过外交、旅游、贸易和战争相互联系。地球的矿物和生物等资源维持了全球的人口生存，它是上亿种生物的家园，包括我们人类。地球是我们生存的摇篮，好好认识它和保护它是我们每一个人的责任。

柏和，地球在宇宙太空里，它与太阳月亮的关系，它的运行、它的结构它的一切对你来说都是未知的，你可以去探索。我们人类把地球绕太阳转一圈确定为衡量时间的标准——年，你将来绕地球一圈你会命名为什么呢？

已经有人发明了哈勃望远镜、开普勒太空望远镜，可以在三十公里外看清硬币大小的物体，你可以先通过望远镜观察一下哈！

柏和，你问我地球在哪里，我们永远都会在地球上吗？这真是我们每一个人都应该好好反思的问题。地球它是在宇宙太空，可是地球它更应该在我们每一个人心里。如果我们的心都不在地球上，我们人类还能在地球上继续生存多久？

地球，是宇宙中迄今为止人类可以生存的唯一星球，柏和，你在替全人类追问吗？

拥抱你，亲爱的小孩！

这封信对于你来说太长了，你有很多字都不认识，我送你一本《新华字典》，希望它能帮助你认识更多的字。

《小王子》是一本童话书，也是我最喜欢的一个童话。小王子住在一颗只比他大一丁点儿的小行星上，他在太空遨游，拜访了六个奇奇怪怪的星球，最后孤单的小王子来到人类居住的地球。尽管他对人类的想象力失望，可他还是在撒哈拉大沙漠与遇险的法国飞行员一起寻找生命泉水……

世界地图和中国地图，也是我送给你的礼物，希望你能够在其中发现宇宙的密码。

希望在所有的路上遇到你。

史壹可

2014. 2. 12

02 | 神秘的"啃兔慢"

　　柏平，来自内蒙古草原，九岁，他与柏和总是影形不离。"和平"，在一起，才会快乐。

　　柏平说他有个蒙古族名字：啃兔慢。

　　也许不是这几个字，他现在不会写蒙文了，慢慢啃胡萝卜的兔子？怎么可能，兔子最喜欢啃胡萝卜了，一定慢不下来。反正是发这个音，谁听了也不会忘记这个名字，独一无二。

柏平：

你在内蒙古的大草原上奔跑过吗？你知道草原上什么动物最多吗？

马？！

你一定喜欢马，马奔跑起来无拘无束，天马行空。没有一匹马喜欢跟另一匹马同嚼一棵草。

我发现你比较喜欢重复柏和说过的话，他是你崇拜的偶像吗？你可以尝试说出自己最想说的话，完全与众不同。你还会说蒙古语，我们可都不会呢，我好羡慕你，柏平！草原上的音乐也都是从天上来的，你可以在大家庭晚会上给大家唱一个蒙古族歌或者跳蒙古舞，你还可以教柏和与你一起唱歌跳舞。

我也去过内蒙古大草原，没在草原上遇到你很遗憾。不晚不晚，这个大家庭的凝聚力很强大，我们从四面八方来，现在大家是一家人，柏和，把你感受到的大草原与大家一起分享吧。

今年是马年，你要一马当先噢，我送给你"二十四节气童谣"，你会念了就带领柏和一起念诵好吗？你也可以请二姑和奶奶给你讲解一下，她们非常明白。

二十四节气童谣

立春：东风 解冻 鱼上冰

雨水：冰雪 融化 桃花开

惊蛰：草木 萌动 鸿雁来

春分：芽茶 播种 燕飞舞

清明：细雨 放飞 柳飘絮

谷雨：雨生 百谷 春盎然

立夏：桑枣 灌溉 遍地谷

小满：蚕丝 畜养 麦起身

芒种：收割 播种 鹭助兴

夏至：棉花 现蕾 照眼明

小暑：知了 风轻 汗如雨

大暑：骤雨 孕育 赏红莲

立秋：寒风 飘叶 寒蝉鸣

处暑：葵花 添衣 遍地黄

白露：秋雨 降露 白如银

秋分：桂花 收获 香满园

寒露：鸿雁 南飞 蟹正肥

霜降：芙蓉 花落 叶满天

立冬：收葱 修剪 地始冻

小雪：残菊 飘雪 犁耙开

大雪：寒梅 地冻 温室暖

冬至：瑞雪 防冻 兆丰年

小寒：寒冬 积肥 腊月天

大寒：岁末 辞旧 过大年

春雨惊春清谷天，夏满芒夏暑相连。秋处露秋寒霜降，冬雪雪冬小大寒。每月两节不变更，最多相差一两天。上半年来六廿一，下半年是八廿三。

柏平，可以每年的每一个节气那天写一篇日记，如果坚持三十年，看看会有什么事情发生。

我送给你一个日记本，可以从下个要到来的节气开始。

我也送一个日记本给我自己，我也要开始这个神秘之旅。这可是个约定噢。

史壹可

2014. 3. 6 惊蛰

03 | 我的工作在哪里

王加桐，目前梦想之家最大的孩子，二十五岁，哈尔滨体育学院毕业，在大家庭成长十三年——

我小的时候就能跑，从房上往下跳，淘气，就喜欢运动会，小学运动会上"钓鱼"比赛第一名。可惜我家里父亲有重病，我只能辍学放羊，我是放羊的时候被老大看到了，他把我带回大家庭，十多年，从小学、初中、高中到考上哈尔滨体育学院，要没有老大，估计我还在山野放羊或种玉米呢。

最初，老大的工资只有一千多，我们十多个孩子，生活很艰苦，他过生日，我们几个孩子用大米饭给他蒸了一个心形的蛋糕，老大当时就哭了。

有一次，二中有个师姐提醒我：你老爸晚上几点回家？

十一二点。

我们悄悄地跟踪他，发现他在烈士山附近的夜市摆地摊卖袜子，第二天晚上我们十多个孩子都不睡，在家等老爸回来，大家拥上去抱着他恳求他不要再去卖袜子，艰苦点我们不怕。那些年，没有媒体关注我们，也没有爱心人士知道，我们一家人和十几个孩子悄悄训练、学习，他管得我们很严。

朱宏伟，最好强，训练脚磨出大泡，都化脓了，老大用嘴帮她吸出来。我们自己的父母也做不到。

有时，我们也哄他，一起玩，一起批发冰果吃。

我考上大学，老大再三嘱咐：不管别人如何待你，你要真诚待人。我军训时给老大写过一封信，想家，怕老大牵挂，算了，不寄了。我每学期放假回来，都带弟弟妹妹一起训练。

现在老大带着我们去做志愿者，一起学习传统文化，感受更深，他真是做到了为人师表，以身立教。我现在的梦想是当一名体育老师。

—— 王加桐对"老师"的理解，对"老爸"的理解，让我深有感触，他大学毕业之后一直在马拉松俱乐部做教练，帮"老爸"带领孩子们训练，他应该是帮老爸挑担子的人。

　　王加桐：

　　你好。

　　今天的阳光真的很好，也许是被好消息感染所致。最大的一个好消息是，你老爸电话里说已经确定你到贵州栖凤双语小学当老师的事。加桐，我打电话给你老爸，是想约你下周四到沈阳来，佟宁芳校长也帮你找了学校，也是老师的职位。其实，在哪里不重要，重要的是，你的未来是面对一颗颗成长的心灵，你从此要用心去呼唤去点燃更多的成长梦想。

　　很开心你最终确定的是，你梦想中的、像老爸一样、当一名老师。你在这个大家庭成长十三年，朝夕相处的老爸，就是天底下最好的老师，耳濡目染，相信你完全可以继承老爸的精神。

　　加桐，我记得我在考中央戏剧学院时，最后的专业课面试现场，坐了五位中戏教授，在最后一个提问中，教授说：你工作过吗？

　　我工作过。我很肯定地回答。

　　教授又问：你的薪水是多少？

　　我没有薪水。

　　什么？那是什么工作？

　　我每天读书写作。

　　是的，我把每天读书写作当成我的工作，没有人给我发工资，我是为实现梦想而读书写作。

　　到现在也是一样，我面对的写作永远是一个创作而不是别人付钱来买的一个"活儿"。

　　事业和工作是有区别的，你在工作的时候，你胸怀的一定要是一颗成就事业的心。

我曾经在鲁迅文学院工作过两年，当时的少年作家编辑部，工作要求是给来稿写点评，有诗歌、散文、小说、童话，老编辑们说很简单，点评，冒号，然后就文章主题啊、语言啊、结构啊等做个评价，然后就是退稿。

看完几个孩子的来稿，我突然感觉到很沉重，言为心声，文稿的字里行间充满了抱怨，对学习、对父母……我突然觉得从稿件里站出来的是一个个孩子，我有责任提醒和保护他们，于是我的点评工作从第一天起就变成了给所有的孩子们写信，某某同学，冒号，后面是我的现身说法，因为我也是从一个爱好文学的孩子长大的，从投稿开始的。我知道每一个孩子的期待和成长中的所有困惑，每一篇退稿上面都有我写的一封长信，五六百字的文章，我附一两千字的回信，里面还有中南海的一片树叶啦，某大师的一首诗啦，或者一本我推荐的书……我的回信五花八门，当然，我收到的更多的是感动，孩子们寄回来更多的心声和成长的分享。我每天至少写十二封信，写了两年，辅导的文学少年遍及全国各地，恰恰因为这写信的工作，让我后来做了中国信网的网站，还创办《信刊》，还拍了《信世纪》纪录片，从工作到事业，其实就是从你面对的态度开始的。

加桐，"士之致远，当先器识，后文艺"，这是我父亲转赠给我的一句话，他说初唐有个名叫裴行俭的人说，有大成就的人首先要看他的器识如何，然后再考量他的技艺才能。"器识"就是一个人的优良的道德本质涵养品性修为，以及宽广的胸襟、博雅的情怀。

我们每一个人的确都应把自己的道德本质涵养品性修为放到至关重要的位置，在听马来西亚来的钟枳成先生关于帅德的讲座中，我看到了你的真诚，也为你庆幸，你老爸在你们的大家庭里一直坚持的传统文化课给你们奠定了最纯厚的心灵土壤，你们的胸怀都是张开的，拥抱你即将到来的新生活吧。

家有桐树，自然飞来金凤凰。

加桐，你老爸是个胸怀天下的人，你在哪里拼搏都是在帮你老爸挑担子，他希望你们每一个孩子都志在四方，不要有任何顾虑。去吧，贵州高原等待你的发现。

为你祝福。

史壹可

2014. 3. 15

04 | 从出发到胜利的距离

朱宏伟，七仙女之一，目前在西安交通大学读大二——

尽我所能，帮助别人，我就是个被帮助的人。每个人都做有限的一点，聚到一起就无限大啦。我自己变化挺大，看到弟弟妹妹，就像看到自己，毅力挺重要的。

朱宏伟最想跟老爸说的一句话是：你得学会说"不"——

老爸太善良，不忍心拒绝，给自己造成很大的困扰。他喜欢孩子，喜欢体育，处处为别人着想，总能站在他人的角度想问题。他在训练和学习上非常严格，生活上很亲切，疯玩起来他是我们的头儿。我希望老爸健健康康的，做自己喜欢做的事情。

我没有走出鞍山之前，觉得鞍山挺大的，到了西安，发现那是大地方，西安的包容让外地人感觉挺亲切温暖的，西安文化底蕴丰厚，生活压力也不大。

在马拉松比赛中，我曾经看到一对年轻夫妻推着一对双胞胎，一边推，一边跑，小孩老人都可以参加，在奔跑的过程中大家可以互相鼓励加油。累了，就减速，走一走。你也可以参加。

—— 那个着急要走的女儿就是朱宏伟，她要提前返校，因为参加大学体育集训。朱宏伟十岁来到这个家庭，那时她读小学三年级，直到考上大学，在大家庭生活十二年，对老爸很理解，很想给老爸写封长信，考虑到老爸还要花时间写回信，就放下了写信的念头，老爸太辛苦，还是多一点时间给老爸休息吧。

朱宏伟在大连国际马拉松比赛中获第二名，是国家一级运动员。

朱宏伟：

还记得我们的约定吗？

今年暑假，你放假回鞍山，我们一起绕鞍山跑一圈。鞍山市你已经跑遍了，请带领更多的人跑遍鞍山吧，很多鞍山人一辈子都不认识他们的故土，家园需要每一个人的建设。

谢谢你，告诉我全程马拉松的长度，四十二点一九五公里，这肯定不是一个随便组合的数字。

是从马拉松到雅典的距离，是从出发到胜利的距离，是需要一步一步量出来的距离，你已经无数次跑过这个数字。很多时候，我们对事物的理解停留在字面上，你选择了汉语言文学，你是想在奔跑中解决所有事物的寓意吗？

你的老爸很心疼你，你放弃了北大清华，他一直很内疚自己当时没有更强大的能力让你自由选择。你选择了西安，我觉得你其实很有智慧，中国历史上建都朝代最多、建都时间最长、影响力最大的都城就是西安，皇天后土，那是我们中华文明的发祥地，西安与罗马、开罗、雅典并称

为世界四大古都。从西安到雅典，也许这其中有某种天意，你完全可以从现在开始准备你的下一次马拉松比赛，从马拉松到马拉松的比赛，雅典国际马拉松比赛在今年的11月份，抽空关注一下噢。

有一个心得想马上与你分享：当你关注一个事物时，同时你也被那个事物关注；因为关注你，你就读的西安交通大学也被我关注，我也被交大提醒了。"交通"之名取自于《易经·泰卦》，其曰："天地交而万物通也，上下交而其志同也。"天地之交是最大的"交"，是万物大"通"之时。西安交通大学名中所蕴含的人文精神和办学理念让我惭愧，以前我从没有真正地理解"交通"这个词，怪不得屈原感慨：路漫漫其修远兮，吾将上下而求索。

感谢你选择了西安交大，相信你会成为交大的骄傲。

图书馆的灯亮着，我知道你守候在那里。你老爸说，图书馆是个安静的地方，你坐在一本书前，不管你是在看一本书，还是在帮别人找一本书，都是他欣慰的事情。他说起你来的时候满心的骄傲，他说你是个刻苦的孩子，你为自己赢得了天下。

有一个人你一定认识，他替你在北大图书馆发愤图强，他在1918年8月下旬，经蔡元培介绍，到北大图书馆当助理员，在北大的半工半读，为他日后打下"可大可久之基"，没错，是毛泽东。你看，我们身边有很多同伴，一起读书，一起奔跑。宏伟，你的名字，很有气魄，喊一声传出很远，希望你能听的到我的声音，我会在你的路途中喊：加油！

唐僧是从西安出发的，他终究取得了真经。

你去过的青龙寺，现在正是樱花盛开，西安的好天气一日一日东进，有你的回望在其中，对吗？

西安的天，你撑起来吧。

史壹可

2014. 3. 14

05 | 都是主角

父母把六六寄存到大家庭里，就再也没有消息，六年了——

柏剑：我和赵勇给大家剪头，用一厘米的卡尺剪，开始男生都不愿剪，六六自告奋勇说：老爸，给我剪。

六六的梦想是当个实力派喜剧演员。

六六：

你个子那么高，你是要顶天立地吗？

我一直很好奇你的名字，原来是3+3=6——卢珊珊，你天生就有演戏的智慧和幽默，这是你梦想当喜剧演员的潜质，我看好你噢。你们老爸说你在大家庭元宵节晚会上自编自导的小品非常感人，看来我没有帮你写小品是对的，你绝对可以自己超常完成。我看到过你为老爸写的"征集妈妈令"，不但感人，而且还很风趣，你身上有更强烈的创作能力，你将来不止可以成为一个喜剧演员，还可以朝编导方向发展。

六六，我曾经写过一个独幕剧《老装孙子》，隆重邀请你做导演，剧本你们可以修改，演员就从大家庭里兄弟姐妹里选，四五十人都可以上，剧本的基本剧情是：

在21世纪"最智慧的寓言故事大赛"决赛现场，老子、孔子、庄子、曾子、墨子、孙子穿越时空，来到当下的舞台上作为评委大员，所有参赛的故事要求选自古圣先贤的论著，并且参赛选手的故事要和家人、朋友共同演绎。在"仁、义、礼、智、信"的故事里面，所有演绎故事的人都和角色发生碰撞，甚至错位。

在"杀猪教子"的故事里，出演最讲诚信曾子的是现实中最不守信的一号选手孔让的父亲——孔怕，为了使女儿孔让能够赢得"德慧童子"的称号，孔怕利用计谋让原本复赛中第七名的女儿进入前六强；评委中迟到的曾子，恰好在剧场外碰到了因故弃权的前六强小选手李世佳和她的父亲……

在寓言故事"谁是老大""鬼斧神工""孔子学琴于师襄""呆若木鸡""孟子劝王行仁政""葡萄的滋味"中，做母亲的、做老师的、做父亲的、做君王的，表演者被自己所出演的角色感动，古圣先贤在身边，所有人都开始反省、忏悔，感悟成长。

这个独幕剧，可以成为你们在六一国际儿童节送给童年的礼物。

这个剧本，就作为我送给未来实力派喜剧演员和导演的礼物。

关于喜剧，它跟我们的马拉松比赛一样，从希腊漂洋过海而来。喜剧作为一种戏剧体裁，最早产生于古希腊，起源于农民收获葡萄时节祭祀酒神时的狂欢游行歌舞。所以，未来你参加雅典国际马拉松比赛时，请抽个小空在希腊的土地上探索一下喜剧精神。

喜剧的艺术特征，你已经实践过了，"寓庄于谐"，喜剧的七魂八魄，有一个叫卓别林的家伙，他最清楚。他是最棒的喜剧表演大师，多看一些他的电影作品，可以抓到灵感。幽默真是一种优美的、健康的品质。

西班牙小说《堂吉诃德》，你也可以看一看，有趣。

六六，你知道雪花为什么是六角形的吗？

你知道蜜蜂的蜂巢为什么也是六角形的吗？

这些问题不可以问你们老爸哈，你可以问蜜蜂，或者你自己想办法寻找。

我等待你的回答，我有耐心，也有信心噢。

史壹叮

2014．3．19

06 | 让"体育特长"特别长

肖晴： 我的梦想多了去了。我的"心"找着了。我还没有发现我的优点，怎么办？

每个人都自己的一颗"心"，肖晴的"心"是从书里跳出来的。一张用红纸剪裁出的红色的心，每个人都有，要在上面写上自己的优点，如果有人发现你的另一优点，别人也可以填写。

肖晴说：我们老爸，又当爸又当妈，又严格又细心，他的坚强和坚持让我们无语。

让"体育特长"特别长，这就是肖晴为梦想做的准备，肖晴喜欢当个女兵，警察和军人都很帅气。还想考上海交大，梦想，必须得实现。

肖晴参加过上海国际马拉松比赛，上万名参赛选手，她跑了三小时二十三分，第二十名。

肖晴的枕边书是《阿凡提的大智慧》。

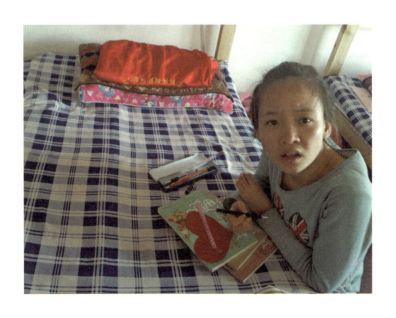

肖晴：

你说你还没有发现你的优点，我可以帮你个小忙，我发现了：你不光有礼貌有修养，还很幽默很要强，"阿凡提"都知道你爱看书，每次传统文化课上我都看到泪花在你眼中旋转；你心地善良慈悲，你想当警察或军人，骨子里还有英雄行侠的豪迈。你太棒了！肖晴，我一定要做你的朋友。

警察，我目前接触得还很少，不甚了解。军人朋友，我比较多，我老爸就曾经是个老兵，他至今仍然保持着洗冷水澡、每天被子叠得方正、剪短指甲的军人习惯，当然他拿笔的时间比拿枪的时间多，所以他目前还有写诗词的习惯，文字里也透着一股子正义气息。去年八月份我去西藏喜马拉雅山上，采访驻守在海拔五千米左右的边防哨所战士，我才真正体会到什么是守望者，他们守望的是我们国家边疆的大门。

八月份的天气是最温和的，山上还有花开，海拔四千米以上还有高山大黄纷披着阔叶如同一面旗帜。风吹石头飞、伸手把天抓的边境哨所上，士兵们每时每刻都在接受生死考验，风大时，士兵们要手拉手蹲着换岗。八月天，哨所内也要穿着棉服，湿气和寒冷袭人。

跟你有同样梦想的是普赤阿妈，她梦想着当个女兵。达吉、次仁曲珍、普赤，这是三位阿妈的名字，她们生活在中国和印度边境仁青岗村，我是从北京到拉萨，到日喀则，到亚东，到达仁青岗村……跋山涉水的不是我，是她们。

跋山涉水，三个阿妈的命运一直在她们自己的把握中，每周往边防哨所送一次蔬菜和水果，每个月送一次信件和包裹。她们通常会在前一天约好，在自己家的菜园子里选好各色蔬菜水果，白菜、芹菜、生菜、胡萝卜、李子、苹果……自采的中草药、自家做的奶渣、酥点，满满当当的背包筐篓，沿着亚东河，走进山林，旁加拉、古驿站、青玛日曲、詹娘舍、则里拉、减珍、郎藏、搭拉洞……都在阿妈们的路上。山洪会把路经的桥冲走，达吉阿妈的背包掉进河里，她哭泣地跳到水里追；普赤阿妈将背包送过河，又返回背达吉阿妈。雨水和泪水都混在一起，河得过去，因为她们说答应过士兵将信件送达。达吉阿妈说她最难过的事情就是曾经答应过一个士兵帮他买个手机，因为大雪，达吉阿妈没有及时上山，也因为那场大雪，那个士兵在雪崩中遇难牺牲，阿妈想起来就忍不住悲伤。

日珠阿妈是第一个往雪山上去的。

没有路。日珠阿妈说：走的都是骡马行的茶马古道，有时路清楚，有时路自己走了或者塌方，雾大，路也会跑没。当然，越走天越亮，我们还有一条狗。

达吉阿妈二十二岁就跟随日珠阿妈往雪山上送菜和信件；后来普赤阿妈加入进来，日珠阿妈的关节炎严重得影响到走路，次仁曲珍阿妈的进入让这个信使小团队保证了最及时的爱心传递。

达吉阿妈说：她二十岁嫁到仁青岗村，就开始送菜，一直送信，一直到现在的五十五岁。

次仁曲珍阿妈的梦想就是好好过生活，平平安安，她最崇拜军人。她说当兵的，哪里有困难，哪里有他们，他们都是英雄。边境哨所的士兵，星星看他们，他们不看星星，天知道他们的辛苦。

普赤阿妈的梦想就是当个女兵，大半辈子了，一直没改变过。

她们都心疼吃干菜叶的英雄，她们主动走出一条邮递信件和新鲜蔬菜的路途，通往雪山通往边境……

以前士兵吃的大部分都是风干的蔬菜，现在条件好了，蔬菜有了供给，士兵们不忍心阿妈们辛苦送菜，再三劝说，阿妈们依然故我，每一个士兵都如同自己孩子，她们比谁都清楚那一份温暖和鼓励，会给士兵们带去什么。阿妈们还经常将自己采的虫草、雪莲花、天麻替士兵们寄给家乡的父母，替每一个士兵的父母再三叮嘱。在别人转山念经的时候，她们背负着士兵们的信件转更高的雪山，将温暖送到每一个人手里。三十多年，没有人给她们发工资评职称，她们凭的就是善良和作为母亲的本分。

当晚睡在次仁曲珍阿妈的小佛堂里，听着亚东河的水哗啦哗啦流往印度，山风在喜马拉雅山重重峰岭上刮过，和阿妈们一起上山的计划让我一夜热血沸腾。

一大早，达吉阿妈背着一个尼龙带子来，"哗啦啦"，满地的信封和书写着地址的纸壳箱子碎片，三十多年来，很多退伍的士兵寄来信和包裹……

感谢小猫桑巴，陪伴着七十三岁的日珠阿妈，感谢小狗江珠，陪伴阿妈们翻山越岭，完成一个个关于信件邮包的传递；感谢回家的路，都还在阿妈们的脚下；感谢等待、期盼、信任和每一个被书写的字……

今年八月份日喀则的登珠峰节，我会邀请阿妈们一起登山——珠穆朗玛峰，世界上海拔最高的山峰。三个阿妈平均年龄近六十，不是开玩笑，有谁能够接受三个阿妈那样的日常磨炼，从凌晨4:00出发，背着近六十斤的蔬菜、信件包裹，翻山越岭，经过十一个小时，才能到达云中哨所詹娘舍？

以前，我从来没有求过佛菩萨老天上帝……在云中哨所詹娘舍，和士兵们面对面交流之后，我请求山神、土神、石头、泥土、苔藓、树木，都牢牢地固定住，别地震别滑坡别泥石流别雪崩；请求天上的雷电小点，暴风雨小点，冰雹雪小点、迷雾小点，再小点，每一个士兵都是我们家园的守望者，让他们都平安健康，他们的父母双亲都在家乡盼望着。

请理解我的雪山牵挂，喜马拉雅山上的那些战士们都是我的兄弟，肖晴，如果有一天你戎装在身，你一定要替我向那三个西藏阿妈行一个标准的军礼，她们是真正的女兵。另外，也别忘了经常给你的老爸和兄弟姐妹们写信，你的安好就是晴天。

肖晴，再一次祝愿你的"体育特长"越来越长。

史壹可

2014. 3. 13

07 | 再一次亲亲土豆

王爽，高三，职高。

看到王爽时，她正在切土豆，轮到她和六六在厨房值日，开始她说没什么梦想，后来确定想当个语文老师，因为自己不爱写作文，不好意思说梦想。

亲爱的王爽：

爱唱歌，可总是跑调，咱俩有共同的"音乐问题"，这说明我们更适合写歌词。我尝试过，让更多的人去唱我们的心声，还挺有成就感的呢！没有人为土豆写歌词，你可以试一试。

没有吃过土豆的人应该还没有出世。土豆，在所有人家的餐桌上都出现过。在我们山东，土豆俗称"地蛋"——大地的"蛋"，那可不是一般的东西。土豆养活了太多的人，可以当菜也可以当饭吃，土豆丝、土豆条、土豆丁、土豆块、土豆饼、土豆泥、蒸土豆、烤土豆、炒土豆、红烧土豆、醋熘土豆、油炸土豆、炖土豆……想怎么吃就怎么吃。在欧美等国土豆被认为是"第二面包"，联合国粮农组织正式将2008年定为"马铃薯年"，还称之为地球"未来的粮食"。

土豆的淀粉含量较多，营养丰富，口感清脆或粉质，易为人体消化吸收，有和胃调中、健脾利湿、解毒消炎、宽肠通便、降糖降脂、活血消肿、益气强身、美容、抗衰老之功效，治胃火牙痛、脾虚纳少、大便干结、高血压、高血脂等病症；还可辅助治疗消化不良、习惯性便秘、神疲乏力、慢性胃痛、关节疼痛、皮肤湿疹等症。想减肥的人尤其应该吃。

土豆有学名马铃薯，有外号洋芋、地蛋、山药蛋等。土豆有个最大的秘密，就是能让吃它的人心情愉快，你知道俄罗斯人为什么那么开心快乐吗？与他们天天吃土豆有关——这是小道消息。

做事虎头蛇尾的人，大多就是由于体内缺乏维生素 A 和 C 或摄取酸性食物过多。土豆有办法，土豆富含维生素 A 和 C，生活在现代社会的上班族，最容易受到抑郁、灰心丧气、不安等负面情绪的困扰，土豆里面含有的矿物质和营养元素能作用于人体，以影响人的情绪，改善精神状态。

土豆素来有"地下苹果"的美誉，土豆不仅是营养丰富的食品，还有不错的护肤效果。用土豆可以做一个"家庭 SPA"，它能够帮助你减轻黑眼圈，并可以用来吸收皮肤分泌过多的油分，土豆片就可以贴脸哈。

王爽，好好观察一下你身边最近的事物，你就会发现，所有的一切都很有来头，把它们研究透彻，你不要说写作文，就是写论文，也是小菜一碟，不用愁得发慌。

你今天切了一盆土豆，每一个土豆都有自己的形状，每一个土豆都不一样，它们会与今天晚餐的我们大家融聚到一体——感谢土豆营养我们的生命。

王爽，当个语文老师，这是一个非常美好的梦想，我已经开始为你这个梦想祈祷了！你知道你的未来要面对更多的学生，就从现在开始"实习"吧！你们大家庭里有那么多的弟弟妹妹，你可以从现在开始，你也要翻开你的课本，在你帮大家分析一篇文章的时候，你自己先好好享受它的每一句话语每一个段落每一个人物的来去，写作文可以从写日记开始。

上次跟你提到的《亲亲土豆》，是女作家迟子建写的一篇小说，我复印一份寄上，你有时间可以看看。

珍惜你与这个世界的每一次面对，珍惜每一朵花开每一片叶落，珍惜每一份关怀每一次祝福。想唱歌的时候，就喊两嗓，每一个歌手都有跑调的经历，我们可以跑得更远。

竞走时在心里可以唱歌吗？

五十公里的竞走，你都没问题，相信你想实现的梦想更没问题。

加油，王爽！

史壹可

2014. 3. 17

08 | 为别人辩护

肖圆圆，高一，最大的梦想就是学法律当个律师，懂点法，保护自己也保护别人，帮助有困难的人。要是能够"为别人辩护"，帮助更多的人，就心满意足了。

正在背韩愈《师说》的肖圆圆说：老大是第一个影响我的人。跑步时，他要求我们毫不留情；平时把我们都当成孩子，他自己也很孩子气，大家一起过生日。我不好意思过生日，因为我出生那天是九月十八日，人们都会记得那天是"九一八事变"。

最开心的事就是我们大家能够在一起，一起吃饭，一起睡觉，一起训练。

肖圆圆的名字是老大给改的，原来叫肖怜怜。她出生后母亲就过世了，从没有见过母亲。老大希望她的未来很圆满，改变一个孩子的命运从改个圆满的名字开始。

肖圆圆：

你好，你现在正在竞走的跑道上吗？

摇臂、扭胯、迈大步，脚跟着地，走直线，你说竞走族比暴走族更有意思，快乐"快走"。很开心你给我讲解竞走与慢走、机械走的差别，以前还真没有好好走过，看来人生处处是学问呢。

肖圆圆，那天在你们寝室看到你捧着一本书，让我想起一个人来。

我曾经崇拜过的一个人，他是个翻译——陈明俊，他对一本书名的翻译让我很感动：《失落的一角遇到大圆满》(The Missing Piece meets The big O)，"The big O"，他竟然翻译成"大圆满"，这本书的内容立刻就上升到人生哲学境界。一则有关"成熟"与"依赖"的寓言。书里面有等待、有寻找、有发现，艺术天才希尔弗斯坦的作品再次证明了，在艺术上，越简单的东西表达得往往越多。

每个人的幸福都不是靠等待得来的，只有自己才知道自己的路要怎么走，只有自己才能给自己最好的生活。

每一天都是重新开始，每一天都是我们的生日。圆圆，老大已经把最好的祝福给予你，朝着你的梦想继续飞吧。

谢尔·希尔弗斯坦真是个天才，他不光是个诗人、插画家、剧作家、还是个作曲家、乡村歌手。我们每一个人都拥有各种各样的潜能，你也试着发现一下自己。

你将来成为一个大律师，更要面对各种各样的人生，需要了解各行各业的状况，没有渊博的学识，恐怕很难为别人辩护。从现在开始，准备吧。

承诺、信义、自觉，如果人人都能够如此，德治社会会远远超越法治社会，会更加和谐。你可以试着为天空辩护，以往的朗朗晴日现多有雾霾；你可以为大地山川河流辩护，为孩子们需要家园辩护……

圆圆满满！

史壹可

2014. 3. 11

注：

谢尔·希尔弗斯坦的作品还有：《会开枪的狮子》《失落的一角》《失落的一角遇见大圆满》《阁楼上的光》《人行道的尽头》《往上跌了一跤》等，有时间的话找来看看。他为电影《明信片的边缘》（Postcards from the edge）所做的歌曲I'm Checking Out获得1991年第六十三届奥斯卡最佳原创歌曲奖提名……

09 | 花开的理由

　　孙波，高二，竞走，两万米。三年了每天有趣的训练方式，也不觉得太累，大家庭里朋友多，不分你我，喜欢当老师，与小孩在一起很快乐。与老爸在一起，更加确定自己的梦想，像老大一样当个体育老师或者插花艺术家。最喜欢百合花，因为百合花开朗。

　　喜欢体育课上的撞拐、骑马游戏，喜欢过年时四五十人一起包饺子，很开心，喜欢到沈阳打过比赛。

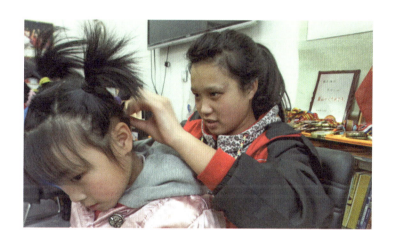

　　孙波：

　　你好。这个世界上花朵的秘密最多，每朵花都是绽放的一个梦想。你有一个梦想做个插花艺术家，太美好了。成天与花朵打交道的人，一定是个花仙子。你可以从现在开始就了解各种各样的花，倾听花朵的语言，花语是最能够传递情感的。你喜欢的百合花，纯洁、庄严，人们喜欢用它来祝福家庭的圆满和圣洁的友谊，我完全能感觉到你内心的善良。

　　花朵们都有自己的声音和故事，人们还赋予了花朵更多的寓意。白色的马蹄莲，一个花瓣卷着纯真的心思，尊贵而又独立，圣洁虔诚；康乃馨是所有女性的神圣之花，美好典雅，是每个母亲都最喜欢拥抱的花；风信子，女神维纳斯最喜欢收集风信子花瓣上的露水，风信子的花期过后，若要再开花，需要剪掉之前奄奄一息的花朵——风信子也代表着重生，永远的怀念，忘记过去的悲伤，只要点燃生命之火，开始崭新的人生；雪莲花，清韵出尘，自由坚毅；火鹤花，花语是薪火相传，送给老师最深情的花；紫蒲公英总是带着美好的愿望在空中自由地飞翔着、寻找属于它的新的天地；满天星，更多的人是把满天星放到陪衬的位置上，满天星满含关怀、思恋，依然纯真拥抱这个世界；向日葵，父亲之花，光辉灿烂、大刺刺的诚恳和最辽阔的爱……

你还拥有一个与众不同的途径，了解一个国家，你可以从他们国家的国花开始研究。作为自己国家象征的花，国花一般对一个国家的文化别具意义，通过国花也能看出国家的文化底蕴及历史。我们国家的国花是牡丹花，具有王者风范，以及人对美好事物的追求和向往。

你们老大去过的英国，国花是玫瑰；埃塞俄比亚国花是马蹄莲；肯尼亚国花是肯山兰，生长在赤道雪山上，你们的黑人姐妹柏竹和柏梅一定很了解，可以请教老大哈。

我非常喜欢的一部电影《音乐之声》里被孩子们反复深情歌唱的《雪绒花》，就是歌唱的奥地利国花火绒草。关于花的歌很多，你可以唱着歌来慢慢实现你的梦想。

我最喜欢的花中，有白菜的花。对，就是我们吃的大白菜。我小的时候，我的母亲每次都会把一棵白菜的芯完整保留下来，连白菜根一起栽到小水碟中，她每天到厨房第一件要紧事就是给白菜根浇水，不出一个星期，白菜芯里就会蹿出一株黄花，伸展着细枝丫，顶着一串串黄花。从冬天到春天，母亲的厨房里会一直盛开白菜花，窗户台上一站一大排白菜花，那是我成长中看到的最隆重的浪漫。幸好，我继承了母亲的这份诗意，我的白菜花们开得正好，八九棵，已经是一片了。你也可以试一试，当你到厨房值日的时候，你跟二姑商量一下，保留一棵白菜芯，带根的哈，它创造奇迹就需要一点水，如果你还能为它唱歌，它一定会开得更灿烂。喜欢花，一定要种花，开辟一个大花园，其乐无穷。

对了，世界上还有一种特别的花：雪花、霜花、浪花……你发现一下，这个世界实在是神奇。

插花艺术是一门造型艺术，明代的花艺专著《瓶史》里就提到："插花不可太繁，亦不可太瘦，多不过两三种，高低疏密要如画境布置方妙。"插花要通过表达一种意境来体验生命的真实与灿烂，是一个天人合一的宇宙生命融合的过程，一枝一花放在最适当的地方需要宁静的心，收集花材处理枝、茎、叶均需要充沛的精神，要抛开烦琐，才能真正创造完美的作品，所谓精诚所至，金石为开。插花艺术与建筑、雕塑、盆景、及造园等艺术形式相似，有一本书可以找来看，明代园艺家计成在《园冶》一书中说："虽由人作，宛自天开。"这句话道出了中国传统文化艺术的精髓，是中国插花的最高境界，"天人合一""参差不伦，意态天然"。

我们东方人插花的花形通常由三个主枝构成，因流派的不同称"主、客、使""天、地、人"或是"真、善、美"，表达的都是我们东方人的哲学思想。插花艺术里，花与器皿的配合也是意味深长的，你的研究可不仅仅是花啦。

我送你一包花籽，春天来了，你可以种到土里，别忘了浇水噢，花名暂时保密，你可要仔细观察它的成长，它会给你带来惊喜的。希望你的心中每天开出一朵花。

好啦，花仙子，花朵里见。

史壹可

2014. 3. 18

10 | 世界上最大的连锁"店"

韩霞——安徽人，上小学六年级。

韩霞：老大说话，我绝对听得进去，他威信高——不是和"微博"争地盘的那个"微信"哈。

韩霞捏着红色的"优点心"：我没有优点，我的优点也就是挺立整的。

不敢回家的孩子，继父的家庭暴力让韩霞特别自卑。

韩霞说将来想开个小店，梦想当个服装设计师。

亲爱的韩霞：

你将来想开个小店是吗？美国零售业山姆·沃尔顿先生也是从开小店开始，经过四十多年发展，他的沃尔玛超市连锁店在全球开设了六千六百多家，员工总数一百八十多万人，分布全球十四个国家，每周光临沃尔玛的顾客一点七五亿人次，目前这个数字还在不断刷新。他创造了零售业的传奇。

亲爱的韩霞，你是准备在全球开连锁小店吧。服装设计师是可以做到的，人类的日常生活衣食住行，穿衣是必需的。

服装设计，美的选择，为女性创造美丽未来，这是可以为之奋斗的事业，那你可要奠定自己的品牌文化和设计风格噢。

服装设计师直接设计的是产品，间接设计的是人品和社会。服装设计是艺术和技术的完美结合，涉及美学、文化学、心理学、材料学、工程学、市场学、色彩学等。

韩霞，服装的色彩、款式、面料都蕴含有各种能量，如何让衣服给穿着的人增强自信和能量，这是服装设计师首先要琢磨的。纯正传统的中国设计元素，更能够增强时尚的光圈，大胆地创造设计语言，会让你的设计风格独具匠心，品牌的创立，也是信念和人生故事的结晶。

服装设计师马艳丽就是凭着一股子不服输的韧性和人生智慧，在短短十年的时间里完成了一个从赛艇运动员、超模、著名时装设计师的三级跳。你可以和她"竞走"比试一下。

如果一群时装模特穿着你设计的服装，在四百米跑道上竞走，会有什么效果呢？

韩霞，服装设计里的色彩、线条的统一，服装上下和左右的平衡，服装各部分间大小的黄金分割，色彩由深而浅的韵律，实际上跟我们做人有同样的原理。

你现在的梦想可以动摇，但不可以没有，其实世界上最大的连锁老总不是别人，而是最著名的教育家、佛学家：释迦牟尼佛，他的寺庙遍及全世界，每个国家、每个城市、每个县乡、每一座山上……

相信自己，你就可以超越自己。

韩霞，请将你的竞走进行到底。

史壹可

2014. 3. 10

11 | 我的乐队我的天下

朱铭阅：我喜欢走文艺路线，我以前学习过电子琴，最喜欢音乐，节奏感挺强的。比较喜欢的歌曲《奔跑》。梦想，自己作曲写歌自己演唱。

——睡在上铺的"兄弟"，你有点瘦哎，你们老大说你有点贫血，二姑给炸的大红枣，你要好好品尝啊。

朱铭阅：

你喜欢睡得高望得远吗？

我也很喜欢羽泉组合演唱的《奔跑》，我还以为他们就是为你们这个大家庭写的呢，太适合你们啦！赶明儿，你写一首家歌，也可以组建一个家庭乐队。

所谓天籁，就是把你的睡梦都能唤醒的声音。

我曾经去云南丽江采访老音乐家宣科先生，听过纳西古乐的演奏：

"山——坡——羊——"年纪最长的老人暗哑地喊过，管弦声漫溢开来。三弦、二黄、板胡、楠胡、十面云锣、"苏古笃"（纳西乐器）、竹笛、芦管、曲颈琵琶（唐制式）等文乐乐器，以及钵铃、铜铃、木鱼、镲、铙等乐器奏响的古乐从天而降……

那是一个"打瞌睡的乐队"，主持纳西古乐会的宣科先生会对中外客人一本正经地劝告：我们台上的乐手大部分都是八九十岁的人了，要是看见谁睡着了，请您千万不要吵醒他，这个年龄睡一会儿就少一会儿了，不过轮到他演奏的时候他自然就会醒的。我心里有数的。

不用担心纳西古乐的节奏，它的悠长能穿越古今，直接把你的灵魂拎出来跟着一起摇头晃脑。那天晚上的音乐会，词，听不懂的居多，可是那荡气回肠的旋律却让我泪流满面。

朱铭阅，你听过让你忍不住哭泣的歌吗？

"凡音而起，由人心生也，人心之动，物使之然也""凡音者，生人心者也，情动于中，故形于声：声成文，谓之音"，《乐记》中都有，你去看。

纳西古乐是由《白沙细乐》《洞经音乐》和皇经音乐组成（皇经音乐现已失传），融入了道教法事音乐、儒教典礼音乐，甚至唐宋元的词、曲牌音乐，形成了它独特的灵韵，被誉为"音乐化石"，兼有孔门敦睦人伦及道家颐养身心的功能。主要曲目有《紫薇八卦》《浪淘沙》《一江风》《山坡羊》《步步娇》《清河老人》《水龙吟》等。静下心来倾听，你一定也会喜欢。

我们中国的古典音乐，宫、商、角、徵、羽，与我们的五脏相应。你们老大正在寻找音乐中的偏方，他很为你担心，他希望有能改变你体质的音乐。

当一个人在创造的时候，他全身心是与天地通的，创造一种天籁，更是如此，看你的了。

音乐，不是学来的。音乐是真谛，真谛在你心中。

宣科老先生继承了祖辈对纳西族那方水土的守望，20世纪80年代初，宣科先生开始为《八卦》《浪淘沙》《山坡羊》等曲调和词牌配曲，并将民间艺人召集到家中，在四合院的天井里开始了最初的古乐演奏。1987年开始至今，纳西古乐团在宣科的率领下，从中国滇西的边缘之地走向世界，在卡内基音乐厅演奏后，又被挪威王室邀请，之后纳西古乐队应邀远赴意大利、德国、法国、瑞士、日本、美国、比利时、荷兰等国巡演，轰动了欧美。

他是个八十多岁的老孩子，你离十八岁都还很遥远，朱铭阅，从你的上铺飞下来，让音乐和你的奔跑一起开始吧。

别忘了，你的乐队，梦想之家乐队！

史壹可

2014. 3. 9

12 | 我原来可不是这样的

张翔宇，十六岁，初二来到大家庭，到这儿一年多。梦想做特种兵或作家——

我？以前火气不是一般的大，一生气，就干架，谁骂我一句，我就抡出一拳。因为打架，被学校体操队开除，那次我还是仗义出手，帮别人打架，很想不通，觉得不公平。进篮球队后，又因为不公平的选拔，我自动退出了。

到"梦想之家"后，再也没有打过架，就是欺负到我头上，我都不说啥。在体操队时，我最喜欢搏击，喜欢超人、大侠……现在，我真体会到我们老大说的：微笑是最有力量的。

老大在比赛前告诫我们：要淡定，腿都抖，还怎么跑。

在社会上可能不是很有钱，可能不是雷锋，但品德要好，修德很重要。自己还比较莽撞，容易发火，看到别人被欺负，很有火。老大说：你冲上去打一架，不一定改变他，好好劝说，兴许能改变。

我觉得当一个人拥有善心，可以改变一群人，那是最有力量的，微笑就是最有力量的武器。

我身边最有力量的人，那就是老大。早晨训练，他总是起得比我们更早——三点半，我就睡在他身边，他做准备。他总说我们训练累，其实他比我们累多了，我们老大脸上有皱纹了，太操心。老大特别负责任，特别孝顺，他和我们一起背《弟子规》，他说：我是你们的家长，我先背会，做到。

老大还特别爱护小动物。在葫芦岛集训时，逮到一只小鸟，老大向前走一步，小鸟就跟着跳一步；再走一步，小鸟再跳一步，小鸟瞅着老大，老大说：去吧，找你妈妈去吧。

小鸟被放飞了。

在这个大家庭，我变得更自信了。背《弟子规》，我肯定背得不全，我做得肯定不错，我很自信这一点。有老大在旁边照耀着我们，我们每个人都很努力，训练从不偷懒，要坚持，实在跑不动，走，也要走下来。

我现在在训练中要速度，在生活中更淡定了，减速，也有必要。欲速则不达嘛。

每天跑步一万米，快一年了。

第一次见识张翔宇时，他正把板凳放到我身边请我落座，然后捧本书看，文气有礼貌，小妹妹拿个垃圾袋从楼上下来，他会自觉地接过垃圾袋，送到大门外远处的垃圾站。柏平、鲁雪写作业，他会在旁边耐心辅导做数学；兄弟杨成业吃不了的剩饭，他帮吃两口。他不是家里最大的孩子，却像所有孩子的哥哥。他说最感动的事情是看到老大端盆热水跪下来给奶奶洗脚，他流泪了，晚上怎么也睡不着。

张翔宇：

　　谢谢你的信任，你的四篇文章我都看过了，你字里行间的诚恳让我很感动，你写的《我的爷爷》，让我也想起了很多童年往事。你另一篇文章中关注的那个老汪头平凡得没有人记得他的名字，因为你这个孩子的怀念他也会在安息中隆重地做一个来生的梦。你的寓言故事里的狼明明就怀着悲天悯人的情怀，我们人类有时太自以为是。你写给老大的信，老大已经把它放到了心里。你是可以在文字里创造未来的。

　　文字、诗意、才情，它们不是偶然地并排在纸上，而是从很久很久以前，从我们小的时候，就开始进驻我们的心灵，直到此时此刻……

　　其实我们是在字里行间埋藏种子的人，我们要选择一块什么样的土壤，让一个什么样的人物在什么时候出现，是扛着铁锹还是举着火炬，是要种子萌发还是花开花落还是落叶归根，或者种子只是在冬眠，我们需要它按兵不动，坚持到续集，这就看写作者的布局了。如果我们的每一次写作都与天空有关，与土地有关，与现实有关，与梦想有关，与你我他有关，我们都会相遇，在心灵成长的拐角处……

　　我们为什么写作？

　　在与文学院的同学们一起讨论时，我的朋友阿慧说：写作是为了抚平伤痛，抚平全人类的伤痛。

　　在佛法六度布施中，功德最大的是法施，给人信心、鼓励和宽慰是远远超越给你钱财和物资的。

　　我们都不是身缠万贯的主儿，可我们都有一颗平天下的心，济世的情怀从开始写作时就坚信不已。虽然大家都有自己的写作角度和表达形式，可大家传递的都是一份真爱、至善至美的追求和启示。

　　前几天，我们都去看了北京国际书展，全国各地的出版社云集荟萃，大量的图书林林总总，这个世界上的写作者还真不少，也见过一些出版社的图书策划编辑，也见过一些畅销书作家，也翻看了一些图书，感慨万千。

每一本书来到这个世界上都有自己的理由，希望更多的创作者创造更多的奇迹，让这个世界信任自己，信任未来。

把老鼠变成米老鼠，并不是最难的事，最难的是我们能够一直明确我们应该为什么写作。张翔宇，你觉得呢？

每次写下你的名字，我都会觉得眼前一片开阔。你的名字很有些魔力哎——古往今来谓之宙，四方上下谓之宇。"宇"代表上下四方，所有的空间，"宙"代表古往今来，所有的时间，"宇"的空间是无限的，飞翔是你的姿态，博览群书会让你在宇宙中飞翔得更自由。"宇宙"两字连用，最早出自《庄子》，你可以亲自考证噢，在你"所有的时间和空间"里。

在科大的训练场，我看到了你的奔跑、你的速度，看到了最迅速变化的你，看到了现在的你，老大的眼睛跟着你奔跑，他手中的秒表为你果断按下计时，你的每一点进步老大都与你同在。之前一个晚上，当你为老大端来一盆热水时，老大流泪一下子流到心里去了，我都不知道要感谢谁了，你们互相拥抱吧。

永远为你们喝彩！

另：

"匹夫见辱，拔剑而起，挺身而斗，此不足为勇也。天下有大勇者，卒然临之而不惊，无故加之而不怒。此其所挟持者甚大，而其志甚远也。"苏轼在《留侯论》里有这样一番议论，可以反复看。你们老大习剑多年，深谙剑道，找老大讨论讨论。

史壹可

2014. 2. 13

附：这个曾经启发我的小故事送给你

越过那道门槛

由于母亲的期望，居伊·德很小的时候就拜于法国当时著名的大作家居斯塔夫门下，学习写作。

这位大师级的老师，对居伊·德的要求极为严格，甚至是苛刻。每个周末，居伊·德都要带上自己的习作请老师批改。可他的作业，多数都无法让老师满意。为此，居伊·德不得不在老师的指点下反复修改。

有一天，居斯塔夫对居伊·德说："你去巴黎第九大街，在第二个十字路口向左拐，看看路右边的第一个人是谁？"

居伊·德来到路口，远远地看到了一座老妇人的雕塑，就赶回来告诉老师："是一个老太婆。"

老师听了摇摇头，不满地说："你看到的别人也能看到，你再去瞧瞧是一位什么样的老太婆？"居伊·德不得不又来到路口。这次，他走近雕像看了几眼，很快回来告诉老师说："那个老太婆很脏，满脸灰尘，头发乱得像鸡窝。"居斯塔夫听后，微笑着说："有进步，但你看到的东西别人还是可以看到，你应该用你的第三只眼睛去看，看到别人看不到的东西。"居伊·德只好第三次来到路口。这次，他走到雕像前面，非常认真仔细地观察起来，回来后兴奋地告诉老师："我发现那个老太婆的鼻子是世界上最蹩脚的木匠随便拿了一块木头削了一块安在她脸上的。"这个时候，居斯塔夫的脸上终于露出了满意笑容。

随着写作训练逐渐深入，居伊·德的写作水平突飞猛进。这期间，居伊·德写了大量的作品，这些作品在同行看来已经高不可及，完全可以拿出来发表，其中很多作品还得到了老师的赞赏。可居斯塔夫还是劝告他，先不要急着发表。

老师的话一时让居伊·德很是不解："为什么我的这些作品不能发表呢？"1875年，二十五岁的居伊·德偷偷公开发表了自己第一篇小说

《人手模型》。这是一篇构思奇特的小说：杀人犯的手做成的模型复活了，而且又开始图谋不轨，最后"断手再植"，方才平静下来。作品发表后，许多人读了都赞叹不已，可居伊·德被老师狠狠地批评了一通。"你的那些学步之作，统统都是废纸，因此请不要发表。"末了，居斯塔夫还郑重地对居伊·德居说，"我是一道门槛，你只有从我这里跨过去，才可以走向外面。"

老师的话让居伊·德有些伤心，但他还是遵照师命，从此潜心练习，不再去想发表之事。而之前那些已经写好的作品，他统统束之高阁。

就这样又过了四年。1879年，居伊·德完成了一篇小说。他小心翼翼地拿给老师审阅，等待老师的批评与指点。数日后，居伊·德怀着忐忑不安的心情去见老师。老师看到他后，却一反常态，欣喜若狂地拉着他的手，激动地说："祝贺你，你的文章成熟了，可以面世了。"

居伊·德听后，激动得泪流满面。他一直期盼的这一天，终于来到。这一年，居伊·德已近三十岁。而他之前在写作上所做的努力，已十多年。

那个刻苦练习写作的青年居伊·德，就是后来法国著名的大作家莫泊桑，居斯塔夫就是他的恩师——著名作家福楼拜。而被老师福楼拜首肯的那篇作品，就是莫泊桑的成名作《羊脂球》。

13 | 让二猛来得更猛烈些吧

二猛，何斯文，十七岁，高二。他一点也不斯文，他是二猛。二猛的梦想是当个摄影师，把生活中的美好瞬间定格。

二猛：就是那张，挂在楼梯旁的墙壁上的那张，过生日时，我抢拍的。

正在刷运动鞋的二猛指着墙上的照片，真的很棒，最开心的瞬间，最诚挚的祝福，不管是谁的生日，都是大家的狂欢。照片里的光芒是从每个人的快乐中渗透出来，是大作。

二猛：

下次我再去你们梦想之家，请你帮我个忙，帮我拍摄几张采访现场的图片好吗？

摄影师是最有能力把日常生活中稍纵即逝的平凡事物转化为不朽的视觉图像的，只有魔术师能与之一拼。为了选取最好的镜头影像，摄影师需要不断地调整自己的位置，高处俯拍，低处仰视、特写、远景、侧逆、迎风……你要站在一个特别角度，你看不到自己，你张望的是全世界。

每一个摄影师都与太阳有秘密约定，太阳光的密度只有摄影师知道，用光线绘图，没有哪一种艺术能比摄影更精确、细致、忠实地反映自然。

有这样一个世界存在，在我们的脚下，毛毛虫有绝对的信赖感，完全相信它前面的那只毛毛虫看得到路的尽头；相互依偎的蜗牛相濡以沫；勤奋的屎壳郎每天都在认真对付着他们的粪球；蜘蛛会在水下用一个小气泡作为自己的餐厅；天牛就像公牛一样在互相较劲；蚊子是天生的舞蹈家，即便在河面，也会踏水跳芭蕾……每只虫子原来都不曾闲着浪费光阴。

蜜蜂采花、蚂蚁搬家、甲虫大战、蝴蝶钻出蛹壳、蜘蛛吐丝缠裹猎物、蜗牛互相拥抱、千脚虫的爬行、孑孓变蚊虫飞出水面、蜘蛛网上的雨滴、蝗虫头上的触须、吮吸露液和吞食蚜虫的瓢虫等场面，都十分细致生动地被捕捉下来，所有的小虫都是宏大的、幽默的。

以上所有是一部纪录片电影呈现的微观世界，你看后一定会奇怪该片摄影师和导演躲在哪儿选取的拍摄角度，将森林下、草丛下的世界无数倍放大到你的面前，昆虫、草叶、水滴无不纤毫毕现。这是黎明时分，在地球的某一处隐藏着星球般巨大的世界。茂草变成了森林，小石头变得像高山，小水滴形同汪洋大海。时间以不同的方式流逝。一小时就像过了一天，一天像过了一季，一季像过了一生。

想要探究这个世界，我们须先保持静默，观赏和倾听这奇迹。 这部电影名字是《小宇宙》（又名《点虫虫》或《草丛里的居民》），这个用不凡的拍摄技巧引领我们进入了昆虫的世界的导演，就是法国的雅克·贝汉。他和他的团队拍摄了二十年，最后剪成七十三分钟，获得第二十二届恺撒电影节最佳摄影奖。

我们都有幸运的耳朵幸运的眼睛，有幸在天籁和地籁的交响中陶醉。

二猛，让光来得更猛烈些吧，让沐浴阳光的二猛也更猛烈些吧，从现在开始用影像记录你们大家庭每个人的成长、每个人的变化、每个人的笑容和沉思吧！

快乐摄影师，开心快乐地抓拍快乐瞬间，在影像里传递快乐，这应该是个好主意。

二猛，跟老大商量一下，担当起这个大家庭的摄影师。试试看嘛，拍得好不好看不重要，重要的是要传神。

帮你祈祷一下。

史壹可

2014. 2. 14

14 | 异国他乡的家

　　柏竹、柏梅，高个子的柏竹和笑哈哈的柏梅，巧克力女孩，一样的
十八岁，就读于科技大学。

柏竹、柏梅：

你们好！

你们的肯尼亚首都内罗毕距离中国首都北京大约一万公里（直线距离），从你们的村庄部落出发到达鞍山铁东区梦想之家，估计还要加上千公里。北京时间 = 肯尼亚时间 +5 小时。

你们都不是孙悟空，不能腾云驾雾，没有柏爸爸，真的很难到达。柏爸爸去非洲，在非洲的滚滚尘土中遇到奔跑的那些孩子，光着脚，那片土地上的荒凉和悲伤让他迅速地做出决定：你们不仅仅是他要培养的长跑运动员，你们更是他要培养的教练和文化使者，他希望改变你们的命运，你们再去改变你们身边伙伴们的命运，改变你们的村庄，你们的肯尼亚。

第一次见到你们，是在科技大学的操场上，你们两个人在操场上奔跑。柏爸爸说，你们很自觉，每天都会根据训练要求进行，风雨不误，你们跑得很快，很有节奏，看得出长跑健将的自信和淡定。

只有你们的柏爸爸听得懂你们的声音，看到你们在操场上没有阻隔地交谈和开心地笑，在操场走圈的奶奶说：柏剑什么时候学会说外国话的，我都不知道啊。幸亏他会说英语，要不那些孩子咋办呢，人生地不熟的。

柏竹，你写的汉字很漂亮，你在我本子上写下你的名字"柏竹"时，我很惊讶，你已经学会一些简单的汉语，继续加油！你可以教梦想之家的弟弟妹妹学习英语，也可以教奶奶和二姑啊，你们的开心就可以和所有人分享啦。

你们的中文名字，是柏爸爸用心思命名的。柏竹，你名字里的"竹"，竹子，在中国文化里是最有气节的象征，竹有十德，竹身形挺直，宁折不弯，曰正直；竹虽有竹节，却不止步，曰奋进；竹外直中通，襟怀若谷，曰虚怀；竹有花深埋，素面朝天，曰质朴；竹一生一花，死亦无悔，曰奉献；竹玉竹临风，顶天立地，曰卓尔；竹虽曰卓尔，却不似松，曰善群；竹质地犹石，方可成器，曰性坚；竹化作符节，苏武秉持，曰操守； 竹载文传世，任劳任怨，曰担当。柏竹，柏爸爸希望你"未出土时先有节，及凌云处尚虚心"，在任何赛场都能够"成竹在胸"。噢，柏竹，竹子，它不是花，它确实是草，是世界上最高的草，因为它有成为大树的梦想。请原谅，人们是不希望竹子开花的，竹子一旦开花，就会大片死亡，我们的国宝大熊猫每天都需要吃大量的竹子，如果竹子开花，熊猫也将会面临饥饿和死亡。

柏梅，梅树是开花的，不要着急，梅花有清高淡雅、傲雪凌霜的性格，柏爸爸给你选择了"梅"字，希望你名字里灿烂的花开给你带来更多的自信。

竹、梅，是"岁寒二友"，柏爸爸知道赤道的炎热和非洲的温度，他担心你们在中国东北的寒冬里冷，不光为你们准备了厚实的羽绒服，还有抵御寒冷的名字。

柏竹、柏梅，如果能够从你们的名字开始学习汉语，从诗、书、画开始，你们学习中国文化就会像你们跑国际马拉松一样，一定会遥遥领先。

我第一次认识非洲，是从电影《走出非洲》（Out of Africa）开始的，你们都走出了非洲，肯定知道写那个小说的丹麦女作家卡伦·布里克森（Karen Blixen），她小说里对非洲的自然景色、动物、人及她种植的咖啡农场的深情的回忆，让世界各国的人都对非洲充满向往。对非洲风土人情的熟悉和眷恋，你们更有发言权，你们也可以写一写，相信柏爸爸可以给你们翻译成中文。如果你们将来用中文写作，那就更了不起了。

你们肯尼亚的作家恩古吉·瓦·提安哥所著的《别哭，孩子》和《一粒麦种》都是很棒的大作，你们也可以将它们翻译成中文，或者翻译一些非洲童话给中国的弟弟妹妹们分享。

小说《根》是美国黑人作家阿历克斯·哈利经过十二年的考察研究和寻根探源后创作的一部历史记传性家史小说。他说：我希望我的书能给所有的黑人一种感受，使他们知道他们是从哪里来的，并且为此而感到骄傲。我现在所做的是把我们的"根"归还给所有的黑人。

你们的柏爸爸，也曾经给大家讲过"根"的故事。每一个人都不是孤零零来到这个世界，都与世界有千丝万缕的联系，我们每一个人也都怀有和谐自然和谐世界的使命。

　　柏竹、柏梅，中非文化的交流，很早很早以前就开始了，你们很幸运成为交流的使者，你们的柏爸爸在非洲创建国际训练基地的梦想应该照亮了你们的未来，从成为柏爸爸的助理到独立教练的历程中，你们要加油！在未来非洲大地上的奔跑中，你们都将是柏爸爸的左膀右臂。

　　梦想之家，是你们在异国他乡的家，我看到过你们在过年元宵晚会上为大家表演的非洲舞蹈，也看到二月二你们家庭的开心聚餐，柏竹、柏梅，在非洲也有这么大的家庭吗？

　　柏竹、柏梅，柏爸爸为你们准备的礼物中还有笔墨纸砚呢。

　　柏竹，中国国画中的竹常以水墨表现竹的形象与气韵，骨法用笔一气呵成。郑板桥是中国画竹子的大师，运笔用墨时挥洒自如，表现出竹的神韵与气节，有君子之风。郑板桥为竹子题诗最多，柏竹，我能够感知到你们的柏爸爸用心良苦，现给你准备了郑板桥的咏竹诗词，你慢慢体会哈。

　　柏梅，中国曾将梅花选为国花，从古到今咏梅的诗词歌赋都很多，我也为你选出一些，腹有诗书气自华，在诗里面寻找梅香吧。

　　柏竹、柏梅，要想读明白这封信，可能需要很长时间，那么你们的翻译生涯就从这封信开始吧。

　　后面的诗词我代表古人送给你们欣赏。

史壹可

2014. 3. 2

竹石　清／郑板桥

咬定青山不放松，立根原在破岩中。

千磨万击还坚劲，任尔东西南北风。

竹石　清／郑板桥

淡烟古墨纵横，写出此君半面。

不须日报平安，高节清风曾见。

题画　清／郑板桥

我有胸中十万竿，一时飞作淋漓墨。

为凤为龙上九天，染遍云霞看新绿。

卜算子·咏梅　宋 / 陆游

驿外断桥边，寂寞开无主。已是黄昏独自愁，更著风和雨。

无意苦争春，一任群芳妒。零落成泥碾作尘，只有香如故。

杂诗　唐 / 王维

君自故乡来，应知故乡事。

来日绮窗前，寒梅著花未？

墨梅　元 / 王冕

我家洗砚池边树，朵朵花开淡墨痕。

不要人夸好颜色，只留清气满乾坤。

15 | 我曾教给你的事物

王琦，重庆出生，十六岁，在大家庭里生活六年，父母不见了。
梦想当个记者。

王琦：

亲爱的！

你是那个送我到马路边搭车的孩子，你没有穿外套，风大，我一晚上都在担心你会不会着凉，幸亏你的身体素质好，第二天见你活蹦乱跳的，心里才踏实。谢谢你，亲爱的小孩。以后不要再把我当成客人了，我愿意成为你们大家庭最好的朋友。

在大家庭里，我没见你说太多话，更多地看到你在行动，所做的每一件事都很肯定，因为你很自信，因为自信，你很美丽。王琦，你是在人群中一下子就容易被记住的那个，所以我们更应该为我们身边的这个"人群"代言。你的梦想是当个记者，为你鼓掌，你让我一下想到中央台才女记者柴静，她一直站在离新闻最近的地方用最清简最真实的新闻语言贴近事实，冷静客观而又锋芒毕露，因为她有一颗炽热的扶持弱者的心灵。她的勇气和智慧是怎么一点一点强大起来的，你可以看看她写的书《看见》。

王琦，其实你身边就有个最好的榜样。你们老爸就是个可以周游世界的人，他对这个世界的热忱和光芒是从内心里涌发出来的，他对万事万物都充满了好奇，他会全力以赴去研究和感悟，你听到过他说"难"字吗？

"不是事儿"，这是你们老爸的口头语吧，拥有超级自信的老爸，你们真是超级幸运。

我身边曾经也有一个周游世界的老师，从美国"游"过来，在中国二十年，辗转在五六所大学的口语课堂和各地的英语角，呼唤过成千上万个学生的名字，获得过中国国家友谊奖。在这二十年里，他给我写过很多信，其中有一封信让我一生难忘。

被困在停电的电梯里，不是所有人都能够有机会经历，也不是所有人都能够笑着从黑暗中走出来。独自在骏黑的电梯里面壁的那个人是我，幸好我背着书包，幸好我的书包里有日记本和一封信，来自我的外文老师韦恩·西蒙斯，用手机的光照得见每一个单词，为了让自己听见，我大声地读出：

Things I Have Taught You:

1. Love others.

2. Be kind.

3. Be wise. (Seek wisdom.)

4. Use your imagination.

5. Be creative.

6. Keep a good record of your life. (Diary, diary letters, etc.)

7. Pay attention to your dreams.

8. Explore your memories.

9. Always ask: "Why?"

10. Ask yourself: "What do I really like?"

11. Be free.

12. Appreciate unity and community.

13. Read the Bible and The Analects of Confucius. (They will help you understand Western and Oriental civilization and culture.)

14. Express yourself.

15. Keep notes on all your reading.

16. Keep a list of the books you read.

17. See each class as a chance for personal growth and development.

18. At the beginning of a course, ask yourself: "What will I learn in this class? How will I change?"

19. At the end of a course, ask yourself: "What did I learn in this class? How did I change?"

20. Read original texts and see what you think about them.

21. Be peaceful.

22. Make connections between dissimilar things. (This will help you be an original thinker.)

23. See what others don't see.

24. Laugh as much as you can. It's good for your health.

25. Develop your social skills.

26. Be a good conversationalist.

a. Listen carefully.

b. Give the other person time to say what he or she wants to say.

27. Be optimistic.

28. Be childlike, but not childish.

29. Do your best.

30. Take time to be silent.

31. Practice, practice, practice.

32. Don't be lazy.

33. Think ahead. Plan ahead.

34. Never stop learning.

35. See everyone as a potential teacher.

36. Ask yourself: "What lessons do I learn from this object?"

37. Integrate head and heart, reason and imagination, thinking and feeling.

38. Get enough sleep.

39. Be tolerant.

40. Change China.

41. Change the world.

42. Teach others what you have learned.

43. Stay balance.

Wayne Simmons

Jinan, Shandong, China

我曾教给你的事物

NO.1 爱其他人。

NO.2 要善良。

NO.3 要明智（寻求智慧）。

NO.4 发挥你的想象。

NO.5 要有创造力。

NO.6 好好记录你的生活（日记、书信，及其他）。

NO.7 关注你的梦想。

NO.8 探究你的记忆。

NO.9 总是问："为什么？"

NO.10 问自己："我确定喜欢什么？"

NO.11 要自由。

NO.12 感激融洽与和谐一致。

NO.13 读《圣经》和《论语》。（它们将会帮助你了解西方和东方的文明和文化。）

NO.14 表达自己。

NO.15 坚持做阅读笔记。

NO.16 保存你阅读的书目。

NO.17 把每一堂课都当成你个人成长和发展的一个机会。

NO.18 在课程的开始，问自己："什么将是我在这门课中学习到的？我将会如何改变？"

NO.19 在课程结束的时候，问自己："我在这门课中学习到了什么？我已做出怎样的改变？"

NO.20 读原著，理解你所思考的。

NO.21 要平和。

NO.22 发展不同事物之间的联系。（这将会帮助你成为一个原创性的思想者。）

NO.23 看别人看不到的。

NO.24 尽你可能的欢笑。它有助于你的健康。

NO.25 发展你的社交能力。

NO.26 成为一个交谈者。

a. 用心地听。

b. 给别人说他想说的话的时间。

NO.27 要乐观。

NO.28 要天真无邪，但不幼稚。

NO.29 做最好的自己。

NO.30 花时间沉默。

NO.31 练习、练习、练习。

NO.32 别懒惰。

NO.33 想在前，计划在前。

NO.34 永远不要停止学习。

NO.35 认为每个人都是一位潜在的老师。

NO.36 问自己："从事物里我找到了什么规律？"

NO.37 整合头脑和心灵、理智和想象、思考和感觉。

NO.38 充分的睡眠。

NO.39 要宽容。

NO.40 改变中国。

NO.41 改变世界。

NO.42 把你所学习到的教给别人。

NO.43 保持平衡。

韦恩·西蒙斯

于中国 山东 济南

再读一遍，关闭的门没有隔开什么，紧捏着两页信，我感知到自己与全世界在一起。我相信电梯的门会打开，我会像昨天一样，一直往前走一百米，走到沙滩上，沿着向东向西的海岸散步，会看到火烧云和振翅点水的海鸥……

　　请问，你，你还在吗？

　　在，我在。

　　电梯外的修理工们听到愉快的肯定的声音，他们立刻充满了力量，电梯被撬开了缝，呼吸，深呼吸……

　　三十多分钟后，我开心地跳出电梯里的黑暗。

　　如果没有手中的信，也许三十分钟会更漫长。

　　如果你读到了这封信，你还担心冲过来的海浪吗？

　　王琦，如果有一天你也漂洋过海，你会把我们中国人的哪一部分信念传递？

　　那封信末韦恩·西蒙斯还说：这将是我对我目前学生的最后给予，关于我在"课程"上所已经抵达的思考。

　　王琦，上面的中文是我翻译的，你可以重新翻译，每一条都是一份嘱托，都是我们成长的必修之路。

　　从现在开始，你也可以为你的强大和智慧增加密度了。

　　中国传媒大学应该有你喜欢的专业。

　　一路同行。

史壹可
2014．3．20

16 | 精卫真的是要填海吗

鲁雪，来自岫岩，十二岁，上小学五年级——

爷爷给我起的名字，我出生那天是正月二十五日，下雪，爷爷说那年是个好年头。

爷爷总生病失眠。我最喜欢音乐，唱歌跳舞都喜欢，尤其那首歌《爱的供养》。曾经想当警察，因为我有办法找回失踪的小孩。

我现在的梦想是当个医生。

在同龄的孩子中，鲁雪最清楚自己将来要做什么。不管她的梦想会发生多大的变化，她都会面对一个向上的方位，她是自觉学习的孩子。

鲁雪，在出生一个月后，妈妈离家出走，鲁雪只认识照片里的妈妈；六岁，爸爸在大连出海捕鱼遇难，再也没有回来。来大家庭之前，爷爷咯血，一头栽倒在阳台上…… 曾经梦想当公主，穿漂亮衣服，吃最美的食物，爸爸就是皇上……

鲁雪：

你趴在上铺的一个角落，是在写日记还是在写信？

写日记是个好习惯。

信，你也写过？

噢，鲁雪，你别忘了我们俩的约定，给你的同学回封信啊，她生气是因为她不舍得与你分离，而你要求她把你写的信退还，这会让她更难过伤心。好朋友之间要相互理解和包容，你是个大度的小孩对吗？你平时对弟弟妹妹们都很谦让，还记得二月二那天我们去科大接"梅兰竹菊"吗？你与柏和、柏平在车里开心地闹腾时，柏兰、柏菊正准备行李，她们第二天要回肯尼亚啦，"梅兰竹菊"也面临着分离，她们说的话你听得懂吗？

你的巧克力姐姐们她们互相拥抱，她们期待再次相见，她们在互相祝福。

再次在训练场地遇到柏竹和柏梅时，去牵牵她们的手，你可以教姐姐们写汉字，姐姐们也可以教你英文。

鲁雪，听说，你连手术的现场都不怕，那你将来真的可以做个果断的医生。我连扎针都害怕，你比我勇敢。

对了，鲁雪，你们的老爸就研究过中医，从大家庭考出去的耿珊大姐姐还在读医学院，如果现在就开始为你的梦想准备的话，你的老师就在你身边呀。奶奶对中草药也很有研究，下次暑假你们回老家集训时，可以请奶奶带你亲自去采草药。

能够随时解除身边人的病痛，真是大使。

你知道我们中国上古时期，谁来掌管草药吗？

太阳神炎帝？是的。他不仅管理太阳，还管理五谷和天下的草药，他尝百草而知其性。他很忙，没空带孩子们玩，炎帝应该向你们老爸学习，你们老爸也很忙，他还每天和你们做游戏。

《山海经》里讲炎帝的小女儿女娃，独自去东海玩，突然风暴袭来，她死了。炎帝很思念自己的女儿，却不能用医药来使她死而复生。

不能吃喝，不能行走，不会穿衣啦，不能呼吸，不能睡眠，人们都喜欢把这些归到"病"上，你认为一个医生到底该怎么治病？

女娃死了，她的魂魄化作了一只小鸟——"精卫鸟"。精卫鸟每天去西山衔来石子儿和树枝，一次又一次投到大海里，想要把东海填平。

我觉得精卫填海的故事，有问题，是女娃的问题，还是炎帝的问题，还是精卫鸟的问题，还是千千万万读者的问题，让我们一起好好地琢磨一下。

精卫真的是要衔木石填海吗？太阳神的女儿，是不是也会继承太阳神的宽阔胸怀呢？

鲁雪，我们重新认识女娃好吗？

我会在每一次大雪飘飞时想念你。

史壹可

2014. 3. 1

17 | 当一块石头有了愿望

解明洋，梦想当个建筑设计师。

2008年奥运火炬在伦敦的传递路线几乎将伦敦各个著名景点和代表性建筑"一路打尽"，柏剑拍摄了很多图片，为了让孩子们能够看到世界各国的建筑文化。

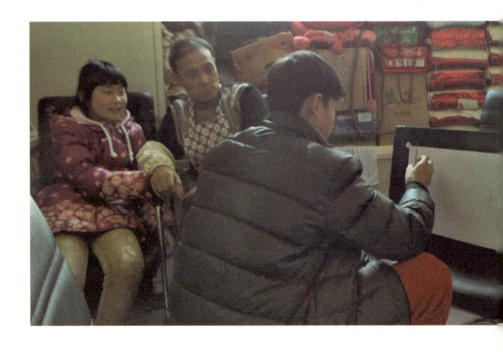

解明洋：

你觉得我们在什么情况下会没有影子呢？

没有光的情况下？

你画的静物素描上有亮面、灰面、明暗交界面，有很温暖的光照耀着它们，它们的影子去哪儿了？

影子很重要噢，在观察素描练习中的静物时，你一定要格外留心，

任何一组静物之间都有一个特别的秩序，它们的质感、量感、存在与环境的协调，甚至它们影子之间的融汇，都与光有特别的约定，很细微的变化，可得好好观察，这是所有设计师都必须经历的开始。

其实在你每天奔跑的城市和街道上，都有各种各样的事物以各种姿态守候在那儿，树、房屋、雕塑、路灯、行人……如果要在它们前面加形容词，可以无数多，只要你有足够的想象力和观察。

一块石头，又一块石头，因为它们都不是玉佛苑的那块重达二百六十点七六吨的大翡翠宝石，所以很多人都忽略掉身边那些石头的存在。你如果是建筑师，肯定无法不面对石头，因为它是绝大部分建筑的必须材料。

我建议世界上所有的建筑师都应该向一个被一块石头绊倒过的邮递员致敬，都应该去一下法国德龙省罗芒以北的 Hauterives 村走一走，那里有一座"邮递员希瓦勒之理想宫"，是世界现代艺术史上一件独特的艺术品。那理想宫的创造就是从绊倒希瓦勒的那块石头开始的，每天徒步奔走在各个村庄的乡村邮递员希瓦勒突然被一块石头绊倒了，石头的奇特让他更突然地冒出一个灵感，他把那块石头放进自己的邮包里。

这样的石头山到处都是，够你捡一辈子，把它扔了吧，你还要走那么多路，这可是一个不小的负担。很多人都劝他。

再次端详那块石头，他的那个灵感更强烈了，他开始推着独轮车送信，只要发现中意的石头，就会装上独轮车。白天他是一个邮差和一个运输石头的苦力；晚上他又是一个建筑师。他按照自己天马行空的想象来构造自己的城堡。所有的人都感到不可思议，认为他的大脑出了问题。

二十多年以后，在他的村庄，出现了许多错落有致的城堡，有清真寺式的、有印度神教式的、有基督教式的……当地人都知道有这样一个性格偏执、沉默不语的邮差，在干一些如同小孩子建筑沙堡的游戏。

这个人有点像你们老大哈，只不过你们老大在建筑你们的心灵。希望你有机会去法国看一下，世界画坛大师毕加索曾绕着他建筑的石头城堡跑三圈，倒地上蹬着腿哭了，没有机会与邮差希瓦勒一起玩真遗憾。

在城堡的石块上，绊倒过希瓦勒的第一块石头上，希瓦勒刻了一句话：我想知道一块有了愿望的石头能走多远。

1912-1879=33，邮差希瓦勒在乡间送信往返途中捡石头建筑他的石头城堡花费了长达三十三年，奇迹就是这么创造出来的。

解明洋，还有一个大师，你要拜访它，在你们老大的老家赵屯的山上，你们暑假集训的时候，你可以实现。现在就想知道它是谁？

你知道蜜蜂的窝巢是什么样的形状？

六角形。

都知道是六角形的，蜜蜂为什么选择六角形你知道吗？

有个数学家曾经专门测量过大量蜂巢的尺寸，令他感到十分惊讶的是，这些蜂巢组成底盘的菱形的所有钝角都是109°28′，所有的锐角都是70°32′。如果要消耗最少的材料，制成最大的菱形容器必须是这个角度。

蜜蜂称得上是"天才的数学家兼设计师"吧？亲自去拜访一下蜜蜂，相信你还会有更多启发。

我曾经想送给天下所有学习设计的人一个礼物——万花筒。没有可能大家都被我遇到，所以我建议所有的美术学院，开学时给大家每人发一个，万花筒。

不知道你小的时候有没有从万花筒里看到奇迹，如果没有，告诉我，我的，送给你。

你说你曾经最担心的事儿是长大后想象力没有了，保持一颗童心和对世界的热忱，一切都会在。

创造世界从创造一个梦想开始。

请继续……

史壹可

2014. 3. 21　春分

18 | 想法也有重量

杨成业：没有绝招，就是练出来的。我都是长跑，争取今年七月份省全运会进前三名，跑个好成绩。想太多没有用，跑得慢。我什么也不想，就是往前跑。

杨成业实在吃不了盘中的饭了：帮我吃几口吧。

站在旁边的张翔宇二话没说，接过剩饭，吃起来。

我第一次来采访柏剑老师那天中午，米饭剩在碗里了，柏剑老师拿过去我的碗：没事，我帮你吃。

我现在知道孩子们都是怎样成长的了。

杨成业：

在训练场，在人群中你一个人比赛，加速、冲刺，你们老大手中的计时秒表每一圈的记录都不同，你经常在练习中模拟决赛现场吗？从你身上我看到了一个专业运动员的素质，照这样训练下去，在七月份的省全运会上，你的愿望一定会实现。

跑全省第一之后，全国第一，然后跑世界第一，然后呢，每天创纪录，每天淘汰你自己，再然后呢？

杨成业，我们面对面的时间太少，你内心里还有什么样的波澜壮阔，我不晓得。你肯定是个做到了才说的男孩子，你不轻易许诺，不轻易夸海口，这是很好的品质，请保持。

在国庆六十年时，你一定参加过老大组织的六十人扛着国旗绕鞍山跑一圈的行动，除了奔跑，你有想过老大为什么这样做吗？

如果老大只想专业第一，估计中国体操界又会多一个叫柏剑的体育明星，你们老大每天都会做出各种决定，你参与过吗？

作为大家庭里的大孩子，你可以离老大近一点，在关键时刻老大伸手够不着的，你伸手；你也可以离老大远一点，老大照顾不到的，因为有你在，他可以松一口气。

你们的书法课上，我看到你写的点、横、竖，都有奔跑的意思；你们老大在跑道上一定比你跑得快，可是在提起毛笔的瞬间，他屏神凝气，一切都缓慢下来，你知道他是怎么减速的吗？

杨成业，你的名字里就充满了寓意，成就大业，"专业"与"大业"之间，还有很大的距离，除了奔跑，我们还要不断地充实自己，不管是课业还是事业，都需要我们充满智慧。

你们每天的传统文化课讨论，你可以与大家一起分享一下你的奔跑经验或者你对人生万象的理解和感受，相信一定很独特。

能够有勇气和毅力每天淘汰自己的人，一定是纪录的保持者。

每天创纪录！

史壹可

2014. 3. 22

19 | 七仙女都去哪儿了

    小黑，老大的助理教练。赵楠楠，七仙女中的一个，沈阳师范大学毕业。

    小黑毕业后回来帮老爸，今天老爸带另外的弟弟妹妹去做志愿者，她是助理教练，小黑说：我们的训练实质上更是意志品质的训练。老爸说过，训练好比蹬台阶，你今天蹬五级，累了，明天蹬五级，又累了，你就停留在五级了，你的训练目标要不断地提高……

    小黑说：长跑、马拉松比赛都要有策略，能量的消耗要有计划，选择何时加速要与自己的爆发力结合。马拉松比赛中，在跑到三十公里后，体能上会有个魔鬼极限阶段，顶过去，就胜利在望。你一定要记住，你累的时候，别人也累，拼的就是意志力。你掉下来了，对方马上会减速，你若加速，对方也会加速。

在北京香山集训，跑完步下山，我们七个女孩站成一排，一起手拉手下山，男生们跟在后面。老大说我们是七仙女，男生们说我们是"江北七怪"。

我们每个寒暑假都集训，脚起血泡，还继续跑，男生女生连着跑，训练时都很艰苦，有一个在后面，我们都会拉着跑，相互鼓励。在你跑到极限时，有个声音"加油"都特别给力。实在跑不动了，男生会跟上来，连上连接带：跟着我跑。

那时真是好几个人拧成一股绳，比赛中也有不自信的时候，在大连国际马拉松比赛时，我起水痘，我们的接力赛团队有脚扭伤的，还有腰伤复发的，在八棒接力赛中，我是最后一棒，大家都喊加油，我是拼了命了，最后我们进入了八强，大家都抱到一起忍不住哭起来。

我小时候脾气倔，老大也批评我，也哄我，其实我不进步，老大着急，自己也悄悄流泪。奶奶护孩子，有奶奶罩着，我更委屈也更胆大。现在都长大了，老大不让我们吃小食品也能理解了。

以前生活确实艰难，六十多平米的房子，二十多个孩子，互相挤着闹着，感情特别好；现在都上大学了，放假才见面，大家不说话时心里想什么都明白。做梦都回来，梦到回来跑步。

其实我们很幸运，拥有与众不同的童年生活。老爸把他的人生都给出来了，在他心目中所有的学生都是他的孩子。我们的老爸是天下少有的老爸。

小黑：

你好！

朱宏伟、孙书诗、崔叶群、周佳杰、朱莹鸣、耿艳莹、赵男男，这是七个仙女的名字吧，第一次听说，是你们老爸讲起的，他好得意，他说他的女儿们中有"七仙女"，这七个名字都有种顶天立地的气魄，与柔柔弱弱的仙女挨不着。

看到你们挂在梦想之家墙壁上的十字绣之后，我对你们越来越好奇，奔跑之余，你们还拿起绣花针，一针一线，一起绣"道"和"家和万事兴"，想象不出七个女孩怎样分解"道"的丝线，又是怎么把"道"的魂魄纳入十字的交叉中，你们对"道"一定有很独特的体悟：每天早晨在跑道上训练、拼搏，在跑道上跑出人生之"道"，这真是天意。道者，万物之始，万物之源，万物之所然，万物之所以成，不管做什么，我们心中有道，成功指定八九不离十。

在寒假里看到你和朱宏伟之后，我突然明白了你们老爸的"得意"，你们真的是仙女，纯粹美好，你们比赛、训练、一起滑雪、摘草莓的照片都被你们老爸珍藏着，他每换一张照片，就能讲述你们的一个故事。你们的老爸应该是世界上幸福指数最高的老爸，被一群欢乐天使围绕。

西安交通大学、辽宁师范学院、哈尔滨师范大学、鞍山师范大学、沈阳师范大学，七仙女原来都飞到大学里去了，虽然是天南地北——仙女们都有当老师的爱好吗？

如果我们每一个人小的时候都是由仙女教授，估计人类的纯洁度将提升到百分百。

有愿望、有梦想、有秘密、有孤单、有害怕、有等待、有哭泣、有朋友……在成长中，我们都是困惑着，是矛盾着，所有出现的问题的终极解决靠的是智慧、真诚和爱。陪伴我们一起成长的那些个智者，不就是我们的老师吗？教师个人的范例，对于青年人的心灵，是任何东西都不可能代替的最有用的阳光。

就我个人而言，在剧本创作上，我的启蒙是从刘恒老师的电影《本命年》开始的。刘恒老师，他从没有给我布置过作业，他只把他自己的作业完成，出版、拍成电影，学生看到，自然明了写作到底是什，什么才是最好的作品。

　　音乐学院教我古筝的张景霞老师，她一遍遍让我弹奏她祖父整理的古琴曲《天下同》，不是为了有朝一日登台演出，而是让我明晓天下不在别处。

　　教我素描基础的赵显云老师，是从给我削一根HB铅笔开始的。让我领悟速写神韵的蔡玉水老师通常不说话，他寥寥几笔就会直接把一个人活化给你看。我的书法老师许烈雄隐居在彩云之南，他明示给我的不仅仅是书法非在字里行间。纳西古乐的传承者宣科老师用一曲《欢乐颂》把我的音乐课一下子就从"1234567"指引到灵魂深处，他不指挥我的眼泪，却让世间天籁伴我回归……

　　什么是最好的教育？最好的教育就是无所作为的教育：学生看不到教育的发生，却实实在在地影响着他们的心灵，帮助他们发挥了潜能，这才是天底下最好的教育。

　　你现在帮助老爸一起来带弟弟妹妹训练学习，你知道教育绝非单纯的文化传递，教育之所以为教育，正是在于它是一种人格心灵的唤醒。

　　感谢柏剑老师在你最需要家庭温暖的时候给予你一个快乐大家庭，另外，拜托你一件事，刚来不久的那个女孩鲁雪说她最开心的事，就是打篮球、淘气、跟小黑姐一起散步。

　　在一个敏感的小孩内心她对你有深深的依恋，牵她的手，给她一个拥抱吧。我们都是在山东出生的孩子，我们竟然在东北遇见，拥抱你。

史壹可

2014. 3. 24

20 | 会做应用题的数学家

张佳伟，四年级，十一岁，数学好，梦想当个数学家，来自内蒙古，爸爸是盲人，表姐送来的。

张佳伟：

首先我要谢谢你。

十六公里的训练，四百米跑道，四十圈，看到你们在寒风中训练，我突然加入奔跑的队伍，很快我就气喘吁吁，两圈我就想停下来，你从后面跑上来，你说：阿姨你跑里道吧。

我们并列跑了一圈，你加速跑过去了，第四圈，我实在想停下来，你再次从后面跑上来：阿姨，加油！

听到你的喊声，我又抬步往前跑，你已经跑到弯道处，转眼间又一圈……

谢谢你张佳伟，因为你的鼓励，我第一次在操场上挑战自己。

体会你们的训练，可不是简单的事情，你已经打过比赛，还赢取过奖品，从鞍山市奥体中心出发的八公里越野赛，小组第九名，你真了不起。

听到你说你喜欢做应用题，将来要当个数学家，我觉得你更了不起。

如果你们老大要建一个训练基地，你们每天训练奔跑的跑道，标准半圆式田径场跑道是怎么计算的？

假如第一分道计算线周长为四百米，跑道内突沿半径为三十六米——

阿姨，目前国际上常用的内突沿半径为三十七点八九八米，半径增大，离心力减小，便于运动员在弯道上发挥速度。由于跑道半径增加了一点八九八米，根据圆周运动公式$F=mv^2/r$。一个体重为七十公斤，跑速为十米/秒的运动员跑进时，可减少九点六一八公斤的向心力。

张佳伟，你的数学课是在体育课上解决的吗？我知道你们的老大不仅是个体育老师，还是个一百项全能的人，他辅导的数学也别有风趣哈。

$C_n=2\pi[r+(n-1)d+0.20]$，这是你们老大给出的二分道以外各分道弯道周长计算公式：

C_n代表n道弯道周长，r代表内突沿半径，n代表道次，d代表分道宽。

各分道弯道长度的计算，以d=1.22m、R=36m为例：

$C_2=2\pi[r+(1\times1.22)+0.20]=235.12(m)$

C3=2π[r+(2×1.22)+0.20]=242.78(m)

C6=2×3.1416×[36+(5×1.22)+0.2]=265.78(m)

C8=2π[r+(7×1.22)+0.20]=281.11(m)

张佳伟，我要再次感谢你，跑道上的第一道和第八道确实差距很大，你让我跑里道，看来你还继承了老大的绅士风度。你的应用数学完全应用到日常生活，怪不得你想当个数学家。

我要请你帮两个忙，给弟弟柏和论证一下：宇宙=所有的物件+事件+时间+空间+质量+能量，并给他讲得乐开花；给巧克力姐姐柏竹、柏梅讲一下为什么在时差上北京时间=肯尼亚时间+5，要想给柏竹、柏梅两姐姐讲明白，除非你英语顶呱呱，或者她们汉语顶呱呱，总之，你看着办吧哈。

数学家都是这样成长起来的。

我送你一本好玩的数学书《说不尽的π》，如果我在你这么大的时候遇到这本书，我即便成不了数学家，也不会再对数学害怕了。

每一个数字都有自己的秘密，你一定知道。

史壹可

2014. 2. 27

21 | 不病的人

　　肖云龙，十三岁，初一，四年多，喜欢音乐，想当医生。矿工爸病，妈妈打杏核采药，还有小妹妹。

　　想当医生的几个理由：自己的爸爸就重病缠身，这里的哥哥姐姐弟弟妹妹有时也会生病，柏爷爷也住过医院，还有村里很多年轻人就有病，世界上太多的人患奇怪的病。

　　病是怎么来的，我也搞不懂，不过我学过《弟子规》，觉得病是很多人没有做好事，做错的事儿最容易生病。

　　不生病最好的办法就是保护好环境，环境好了，病也少了；少做坏事，少说脏话，病也不会来。

　　肖云龙：

　　你勇敢地站到大家前面自我介绍，为你鼓掌。

　　自我介绍是难免的，你遇到任何人，如果你不主动自我介绍，别人就会委婉地问：你贵姓？

　　免贵姓肖。

每个人的姓都很尊贵，老是免贵免贵，有点不合适。还是开诚布公为好，该出手时则出手哈。

你的梦想是为大家医病，你有充分的理由选择当医生为梦想，你对病的来龙去脉还有自己的思考，看来老大的传统文化课真的很必要，你现在就知道你的未来给大家医治的不仅仅是"病"，还有"心"。很多现代人自己把自己的生活教条化了，我们的目光既不深远也不辽阔，画地为牢。有的还悬在半空，上不着天下不着地，能不"病"吗？现实是我们成长中逐渐要明晰的一个墙壁，会撞到它，修行高的话，我们自会穿墙而过。有墙，难免，有墙，不怕，我们可以开个门，从容不迫地过。很多人着急，很多人郁闷，很多人愤怒，很多人绝望，很多人都变成了病人。

肖云龙，你可以好好研究一下不生病的智慧，你身边现在就有一个导师——你们老大，他在大学时就在研究中医学，他现在还保持着赤子之心和阳光灿烂的心性，一定有经验。

从研究老大开始吧，从"不病的人"到"病人"，你的研究将会开拓新的治疗方向。

春天已经来了，枯草叶下绿意萌动，枯萎只是表面，它的涌动的活力正从根的深处来，我们需得凝住它，拥抱它，才会有心跳的感动。学校是你的，教室是你的，科目是你的，整个世界都是你的，你不去拥抱它，谁去？

亲爱的小孩，左手按在右手桡动脉上听听你活泼泼的心跳，出去狂跑一圈，野地里撒撒欢，你首先要活得健康快乐，你的病人才可能相信你的药方。

开心快乐。

史壹可

2014. 2. 21

22 | 请问你是女生吗？

韩皓渝，"寒号鸟"，在大家庭快三年了。

韩皓渝：

你好，请原谅我的坦率，我真的以为你是个男生，你的短发，你的男孩子式的笑声和豪迈，产生误会的理由比较充分。幸亏你是个女生，又刷新了我们半边天的比例。

听到大家叫你寒号鸟，开始的联想让我有点悲伤，因为小时候听到的故事印象太深了，那只住在山崖石缝里的小鸟，在冬天到来时，在崖缝里冻得直打哆嗦哀哀啼叫：哆罗罗，哆罗罗，寒风冻死我，明天就垒窝。

看到你每天快乐地进进出出，我突然醒悟了，能够选择住在山崖石缝里的小鸟，那一定不是一般二般的鸟，寒号鸟一定不是冻死的，它喜欢阳光浴，喜欢挑战攀岩，喜欢在睡梦中歌唱"一箪食一瓢饮，居陋巷"，很有圣人范儿。孔夫子曾赞弟子颜回曰：一箪食，一瓢饮，居陋巷，人不堪其忧，回也不改其乐，贤哉回也。

孔子说：颜回吃一盒饭、喝一瓢水，还快乐地居住在穷陋小房，面对任何人都无法忍受的贫苦，安贫乐道不改志趣，贤德啊颜回。

寒号鸟一定有自己的追求和故事，不被我们了解。遇到万事万物，我们都要站在对方的角度去思考，都以我们的标准和需要去界定，一定会有偏差，历史都有重新改写的一千个理由，何况一个寓言故事？让我们重新认识快乐的寒号鸟吧。

韩皓渝，我们每一个小孩都注定就要长大，单枪匹马，从白天到黑夜，从海洋到沙漠，从边缘到主流，从懵懂到觉悟，一路上，要风的时候如果没有风，要雨的时候如果没有雨，我们还是要执意向前，不要犹豫不决，我相信你的潜力。

你是女生，你肯定也很敏感，也会很脆弱，没有关系，不用强撑着坚强，你们的大家庭每一个人都张开了怀抱，你尽可以扑到大家的怀里，想哭想笑，有大家和你在一起。

老大撑着一片天，你们幸运地做个美梦吧，补充成长能量，当老大疲累的时候，你们把天继续托举！

睡吧，小孩。

史壹可

2014. 3. 23

23 | 站在自己的肩膀上

郭子渝，高一，十五岁，1999年，来到大家庭三个月。

郭子渝：

你好！

在训练场上我看到你尽了很大的努力，可是还是很吃力，用连接带在你前面带跑的张翔宇也尽了很大的努力，也很吃力。带你奔跑的哥哥们都想助你一臂之力，带跑，其实你很被动，与其都很累，不如自己奋力向前，不要着急，训练也需循序渐进。

可能站得不够高，可能看得不够远，站在自己的肩膀上，最起码你可以想办法看到自己。

父亲从没有抱起我放到他的肩头，在童年的记忆中所有的露天电影我只记得悬在空中的那块四四方方的电影幕布，黑白分明。在别人沉浸在故事情节里时，总有一个在人群外想望电影幕布的孩子，开始我想当

个放电影的人，这样我就可以将光聚到电影幕布上，将所有人的笑声和眼泪集中到一个夜晚；随着个子的长高，电影幕布离我越来越近，把更多的人生和梦想放到电影幕布上成了我走近自己的梦想；现在我创作的人物可以在银幕上呼吸存在，感谢父亲没有让我去依赖他。

飞离父母有些年头了，父母亲远远地去济南看望。在千佛山上，母亲奇怪坡的树杈上都被搁置上大大小小的石头，守山人说，那是借了"树人"的风俗，爬山的父母们都会为他们的孩子选择一块放到树上的石头，讨个吉祥。母亲跑到另一坡，拣了一块更大的石头，选了一棵更大的树……

你这是干什么？！

父亲将那块石头从树杈上扔下。

谁都应该站在自己的肩膀上，即便是一块石头。

一块石头，只有站在石头上，峰登绝顶，才能成其为峰。

原来我一直没有远离父母、自己、根本……影子还没有落在别处，感谢父亲从没有让他的孩子依赖他的肩膀。如果我们不能够看到自己，你眼前的事务就得别人去承担，你身后的残局就得别人去料理，你站在原地张望，墙一样，踵后人碰壁，额前人无退路，两眼灼灼，与世俱焚。

看到自己，需要的不是望远镜；站在自己的对面，你牵握的任何一双手都是你自己的手。

如果你想你的双肘都有力量，两臂交叉，左右手搭在你自己的肩头，拥抱自己，这是最温暖的姿势，从拥抱自己的肩膀开始吧！请不要轻易耸动你的双肩说 NO，不要以为你肩膀上什么都没有，要想看到全世界，你真得站在自己的肩膀上，首先成为移动的风景。

郭子渝，相信自己，你可以独自来去。

史壹可

2014. 3

24 | 梦想之家绘画展

　　孙科，十四岁，喜欢美术，梦想是做设计师。喜欢长跑，可是现在还跑不太远，奥数还不错。

　　正躺在床上看小说的孙科说：我比较喜欢励志的书。

孙科：

你的名字听起来很熟啊，反正之前我们没见过，孙科就是唯一。

你的兴趣爱好比较多，你将来可选择的方向也很通达，这简直就是幸运。就如同你手中的书，天堂的背后是门，只要我们有愿望又朝向愿望的方向努力，所有的门都会打开。

你做过很多奥数题，一定知道其中的奥妙。你与小弟张佳伟有一拼，他就最喜欢数学应用题，他跑得比较快，你追上他，给他出个难题，让他看看奥数的厉害。

孙科，你跑不快，不要紧，慢慢加速；你喜欢长跑，这就妥了，剩下的就是坚持和毅力。大家庭里每一个孩子都像你一样，刚融进来时对自己的跑步速度产生怀疑：这里起点高，老大又是专业要求和专业训练，大家的进步都是长翅膀一样，你也会飞起来的。

喜欢看书，这是个好习惯，你可以和大家分享你的阅读感悟。你们老大也是博览群书的人，也可以和老大讨论。一家人，大家要互相懂得，才能更加默契，所有的女生都是你的姐妹，所有的男生都是你的兄弟，爷爷奶奶、姑姑们还有老大，呼唤你名字的人很多，因为他们都把你当成家人，呼唤和回应，这就是存在。

你喜欢画画，你可以把每个家庭成员都画下来，大家都是你的模特，不管素描还是速写，都需要你笔下传神，你可以大胆地凝注每一个人，看每个人的眼睛，你还会再有距离感吗？

如果觉得我这个主意还有趣的话，赶紧开始吧，这可是最有纪念意义的创作，等你把大家庭里的每一个人画完，老大一定会给你办个个人展览——梦想之家的梦想之子。

需要我协助什么，请不用客气哈。

史壹可

2014. 3

25 | 在电影院看自己的电影

方慧敏，初二，鞍山本地人，从小学三年级开始基础训练，"大姐"不大，梦想当个编导。

在参加《中国梦想秀》的现场，方慧敏被一个人感动——现场的导演王梓萱，"老有才啦"。

方慧敏：

你一定很好，大家都称你为"大姐"，你不是年龄最大的，是因为你"心"大，心大好，豁达，开心快乐很重要。你的梦想不是编剧，也不是导演，而是编导，我向你致敬。在目前的影视界有很多"情况"，很多演员当导演，很多摄影师当导演，制片人也去导演，甚至有些剧务也在导片子，大家看不到精彩绝伦的影视剧很正常，做片子的人，什么层次的都有，什么目的的也都有，编剧的剧本往往被改得面目全非，真正创作艺术作品的人凤毛麟角，很多艺术类院校已将编剧、导演合并为编导专业，看来"大姐"很有远见。

电影是遗憾的艺术，第一个遗憾的观众往往就是编剧。

作为一个编剧，我曾经非常遗憾过，记得我第一次看我编剧的电影，是在北影厂，我坐在第一排最中间的位置，我在黑暗中很想找个地缝猫进去，只想快点逃离看片现场。影片在开机后我就离开拍摄现场，电影只拍了剧本的三分之二吧，最精彩的部分都没拍，制片方更多地考虑省钱，能删的都删掉了，看完影片，我的嗓子就哑了。坐在电影院看自己的影片，竟然是一种折磨。

编、导合一，也许会避免更多遗憾。编导，作为影视剧的灵魂人物，你首先得让自己站在艺术最高的位置上，你的灵魂与天地是融通的，你把握的方向，你传递的能量，影片所能够展示出来的美才能动人魂魄，这是一个很值得付出生命和才情的梦想，加油！

亲爱的方慧敏，这名字中的三个字，占尽"仙机"，方正有棱角、智慧、敏锐，希望你能够在其中透彻地体悟，万不可浅尝辄止。如果你将来要拍一部电影，就拍一部让人跳脚狂欢的电影吧。

自己不遗憾，观众才不会遗憾。

为了在电影院开心地看我们自己的电影，一起加油！

史壹可

2014.3.7

26 | "中国的难题"

李梓源，初二，梦想当一个计算机工程师。竞走两万米——

我觉得游戏，又好玩又锻炼智商，我将来想自己设计一个游戏软件。

李梓源：

你知道"中国的难题"是什么？

政治问题？经济问题？文化问题？教育问题？历史遗留问题？

大人物有大人物面对的难题，小人物有小人物面对的难题，外国人物有外国人物面对的中国难题。

你猜出来了吗？

九连环、七巧板、华容道、鲁班锁这些玩具，你玩过吗？我们这些传统的经典智力游戏，西方人将它们统统称为"中国的难题"。我们古人还是很会玩的，把数学和游戏完美结合起来，对于开发思维智力具有独特的功能。李约瑟博士的《中国科技史》称七巧板是"东方最古老的消遣品之一"。许多世界名人如拿破仑、安徒生等都热衷于玩七巧板。而这些游戏正是我们小时候经常玩的。日本的《数理科学》杂志将华容道称为"智力游戏界三大不可思议之一"，西方著名的智力玩具"驴的魔术"的灵感来自中国的"四喜人"。我们中国古典游戏对世界产生过巨大影响哈。

游戏，是人类童年生活中最有趣味的记忆，也是我们一生不可缺少的伴侣。游戏是智慧的集大成，如果你能够设计一款游戏 "周游世界"，让参与者必须凭的是一身机智和对天文地理的融汇、对各地文化的了解通关，智者胜，实现梦想，奖励办法就是让梦想变为现实，真正兑现就是 "现实中的周游世界"。你一定还有更有意思的点子，没问题，你可以问你们老大，他就是个大玩家，可以一起玩。

游戏态度、游戏精神、游戏文化，这对于一个游戏设计师来说，是首先要思索的问题，游戏不是为了消耗时光，游戏应该是人生亲历的 "实验基地"，能升华我们的生活现实才值得一玩。

竞走也可以设计成游戏？当然。

竞走，腿，不能弯。最容易出现犯规，行走时腿打弯三次犯规就被淘汰了，你在竞走中犯过规吗？你们老大说要先学会跑，再学会走，竞走是一门艺术，并不是所有人都能驾驭它，常有人会半途而废，竞走，走得比跑得还快。

平时训练，两腿不能同时腾空，这也可以成为游戏规则。不要轻易就说 "我玩不转"，你玩过吗？

竞走的游戏设计师，李梓源，看你的了！

史壹可

2014．3

27 | 前锋的非守门人选择

李兴智，初二，十五岁，喜欢足球、街舞，梦想组织一个足球队——

我喜欢打配合好的团队，我喜欢远距离踢球，能看清楚方向。我第一天来时，有点紧张，以为老大挺严。在训练时确实严，平时跟我们玩在一起，幽默有趣，他对我们特别好，我们经常去野外行动，集体摘草莓什么的。

李兴智：

你知道国际足联为中国足球在世界上做出的最高调的宣布是什么吗？

足球的起源。足球起源于中国。

十年前，国际足联已确认，"蹴鞠"是有史料记载的最早足球活动。两千三百多年前的春秋时期，齐国都城临淄就流行蹴鞠活动，《战国策》里有记录，《史记》里也记载过，蹴鞠是当时训练士兵、考察兵将体格的方式。

骄傲吧，我们中国足球没有踢不好的理由啊。你想组建足球队的梦想让我这个球盲都很振奋。

最容易的是前锋，最拼命的也是前锋，最有决定性的一脚，是前锋踢出。那是你选择前锋的理由吗？

影子前锋的主要职责是为中锋创造机会，并且自己要带球突破得分。除了你有很好的脚下技术、很好的盘带水平和较好的传球射球能力，还有谁可以担当，如果你要组织足球队，每一个位置上的人员都需要发挥自身优势，并可替补，以防万一。急速边锋、中场位置的"突前前卫"、防守和助攻边前卫，能够远射的后卫…… 大家庭里那些个兄弟可以冲上去，一场足球比赛的成功，与全局的调兵遣将是分不开的。

你以前在球队里是前锋，有时也是中锋，中锋辅助前锋，你完全可以做到；守门人，你摇摇头，你说"最容易被冤枉的人就是守门员"，你被"冤枉"过吗？门将是己方球门前的最后一道防线，一个顶级的守门员抵得上半支球队，门将往往可以左右一支球队的命运。防守十八平方米左右的球门，要尽量减少失球，争取比赛的胜利，守门员除了技术、战术和指挥能力外，守门员的意志更需要无可冲破。

你瞄准过清道夫吗？在足球比赛中承担特定防守任务的后卫，自由人活动范围很大，既可以在后场顶死对方前锋，还可以屡屡前插，为自己团队的前锋助攻，也可以坐镇后防，哪里有危险就冲上去补位，自由人的天下，我都想到足球场上去奔跑了。

你的足球队需要多少个人？你们梦想之家五十多人，是不是人人都可以上场？

你可以先组织一个家庭足球队。张翔宇也在练球，篮球，他说：在墙上画一个圈，往空圈传球，从一米到五米，头上传球，移动运球，传大半场，三人围绕传球，大围绕，三分线，三步上篮，大家互相配合，一个眼神都能懂，默契很重要。足球、篮球、橄榄球，都是你们训练中的"小零食"，大家一起分享。

4-4-2，4-5-1，4-3-3，4-2-3-1，不是门牌号码，是足球场上的常规阵形，你可以试着创造更精彩更能聚合能量的阵形。

2014 年世界杯足球赛将于 2014 年 6 月 12 日至 7 月 13 日在巴西举行。

比较酷的事儿就要发生了，是吗？

为足球加油！

史壹可

2014. 3

28 | 大猛周游世界

　　大猛，柏忠霖，十七岁，高一，近期目标是在两年内考上一个好大学，开个公司，远期目标是当个探险家，先去南极，在哪儿插上一面我们的国旗，再去一下北极，从北京出发，走到欧洲，然后非洲，然后去北美洲……走遍全世界。

大猛：

你好。

当你低着头走路，被一群移动的影子吸引住目光，那肯定是一群大鸟飞过你的上空。你想过它们要飞去哪儿吗？

在中世纪，十七岁男孩马可·波罗仰着头看天上的云时，他父亲和叔叔问他：要不要同他们一起骑马从意大利旅行到中国。热爱冒险的马可·波罗毫不犹豫，在公元 1271 年走进中国元大都，成为最早考察中国的欧洲人之一。大猛，你看过《马可·波罗游记》吗？这本书还唤起了另一名意大利青年的冒险精神，他就是哥伦布，发现新大陆的那个家伙。

证明地球形状这件事，佛迪南·麦哲伦已经完成了他的环球旅行，第一个到达南极的人，挪威极地探险家阿蒙森，也征服过北极，他的书《南极》和《我作为探险家的一生》里有精彩叙述。发现地球上那些原来没有人知道的地方，成就了很多探险家。

20 世纪著名的探险家、英国皇家地理学会会员和纽约探险家俱乐部成员约翰·戈达德，八岁时得到祖父送给他的一幅世界地图。十七岁时，写下人生的一百二十七项梦想：完成到尼罗河亚马孙河和刚果河的探险；登上珠穆朗玛峰、乞力马扎罗山和麦金俐峰；探访马可·波罗和亚历山大一世走过的道路；主演一部电影；驾驶飞行器起飞降落；写一本书；

拥有一项发明专利；给非洲的孩子筹集一百万美元捐款……有梦才有希望，有梦才有动力，五十二岁时，约翰·戈达德经历了十八次死里逃生，克服了难以想象的困难，实现了其中的一百零六个愿望。我们相信，约翰·戈达德的另外一些梦想肯定也会不断实现。

大猛，如果有一天你到达南极，请帮我捡一小块南极风铃石，大小孔口只要有风吹进，便会呼呼作响。我很想研究一下，它们到底是不是风的家。

大猛，到我们最熟悉的事物里探险，更是一个极致的方向，比如老家葫芦岛药王庙，故乡是怎么形成的？上古时期就有人烟吗？传说故事里的人物是不是那里原住民的祖先？自然之子就应当到大自然中去，站在高山之巅，极目世界，"荡胸生层云，一览众山小"。同是大地的主人，邀请我们的伙伴与我们一起分享这自然万物的和谐吧！

另外：

帐篷、背包、睡袋、防潮垫或气垫、登山绳、岩石钉、安全带、上升器、下降器、大小铁锁、绳套、冰镐、岩石锤、小冰镐、冰爪、雪杖、头盔、踏雪板、高山眼镜、羽绒衣裤、防风衣裤、毛衣裤、手套、高山靴、袜子、防寒帽、冰锥、雪锥、炊具、多功能水壶、吸管或净水杯、指北针、望远镜、等高线地图或其他资料、防水灯具、各种刀具……

这些东西的生产，来自不同的厂家；这些东西的销售，来自不同的商店；这些东西的消费，分流到不同的人手上，也可以排列到一起，统称户外装备，全部"武装"到一个人身上，那个人必须是个探险家。越野的勇气、户外生存的智慧，会让你梦想实现的同时，也可以顺带成就一个你经营户外装备的"大托拉斯"的愿望。

史壹可

2014. 3

29 | 你不说我也知道

董梅子，聋哑女孩，二十一岁，在大家庭五年，在北京舞蹈学院读书。

董梅子：

你好，你是不是也恰好坐在窗户前，北京的天是不是也恰好在飘雪？

簌簌、嚓嚓、扑扑……

沈阳的窗外正在下雪，雪并不多言，雪吞尽所有的声音，雪使世界寂静……

雪下得好，静得只有雪落在雪上的声音，一个雪人不能够无痕地来去，便只好原地待着，没有鞋子和袜子，没有脚。下雪了，世界一下子变得透明神奇。

对于下大雪，你一定不陌生，你在东北鞍山的大家庭生活过的那些冬天，经常下大雪，你们老大还带你们去滑雪……

你们老大想尽办法让你们学会用眼睛去看那些看不见的东西，用耳朵听那些听不到的声音，你都收集到你的舞蹈里去了，对吗？

我很想请你看一部电影《舞吧！昴》（Dance, Subaru!），电影里的女孩与你有同样的爱好和梦想。

甩开好朋友真奈和另外三个小伙伴，独自跨过铁道一直往前奔的昴，不是因为骄傲，是因为她着急跑去医院，看望生病的弟弟和马。

十岁的和马记忆力在减退，遗传性脑肿瘤，爸爸担心昴也会，因为和马跟昴是双胞胎姐弟。为了不让弟弟昏迷，昴一会儿学跳舞的猫，一会儿学鸣叫的天鹅，从床上跳到地上，再跳到床上，尽管昴每天都会在弟弟面前跳舞，弟弟还是永远地闭上了眼睛，就像妈妈一样，不再醒来。

淋在雨中的昴追着一只黑猫进入"巴黎歌剧院"的大门，舞台的灯光突然闪亮，四个小天鹅翩然飞处，昴的眼泪静悄悄地流下来。

人生不尽如人意的芭蕾舞教师五十铃无意中发现了昴的舞蹈天分，将她推到了舞台上。为了赚取学费到吴羽老师芭蕾舞学校上课，昴开始在五十铃的舞厅表演。只有跳舞时昴才能忘记内心的悲伤，昴的父亲却希望她能脚踏实地考上大学而禁止她学舞。

想成为专业的舞者，那可是一生的事。

当熊泽老师来挑芭蕾舞演员时，总是在群体中慢一拍的昴不服气，要求老师给她一星期的时间。为了训练时找到感觉，戴着墨镜的昴闭上双眼，在人群中跌跌撞撞，举止古怪，不断撞到电线杆上的昴被男生晃平注意上。就在昴过马路被车要撞上时，晃平冲过来拽住了昴。

在晃平的朋友圈里，昴看到了人群中的阿拓。

到东京寻找新的冲击对手的舞蹈者 Liz Park，来自美国著名芭蕾舞团，她视昴为劲敌，主动结识昴，当好胜的昴挤进人群挑战狂跳街舞阿拓时，场外的 Liz 告诉昴一些掌握街舞的核心要领，重新返回中央舞场的昴与阿拓对舞，燃起了所有舞者的激情。

只有节奏、只有自由、只有年轻的面对，舞者的气场，昴终于找到了。

终于感受到气场的昴在一个星期后让熊泽老师大吃一惊。熊泽老师调整了角色安排，让昴出演《天鹅湖》的第二幕，昴的同班同学真奈演第四幕，真奈是吴羽老师的女儿，她自小习舞，昴的进步神速使她备感失落。

提前给爸爸留下演出票的昴在演出前看到空荡荡的座位很失望，舞台后的昴第一次感觉到害怕，幸亏有真奈的鼓励，昴的演出获得成功。Liz 说服昴一同参加在上海举行的国际舞蹈大赛。

为了成就昴更专业的成长，五十铃拒绝再指导昴，为她寻找国际舞蹈大师，并禁止她在"巴黎歌剧院"表演，误以为被母亲一般照顾自己的五十铃抛弃，昴在新的老师面前表现失常。

对音乐的感触决定舞蹈的表现力！

最好的舞蹈不是危险的赌博，是自己创造出来的。老师让昴先从现代舞开始，通过表达自己来感动观众。

身患重病的老师五十铃还是拥抱了昴，在她出国参赛前。在上海的国际舞蹈大赛，昴、真奈及 Liz 三个好朋友站在了同一个舞台上，无意中昴却发现 Liz 在参赛以外还有一个秘密目的……感到朋友的背叛、老师五十铃病逝的噩耗，淋了暴雨后的昴抵不住身心煎熬，在决赛前一天发起高热。

最大的敌人一定就是你自己，因为，这就是你的生命，你只能在舞台上生存。

你不为别人跳舞，不为和马，不为比赛，不为任何人，只为自己。

老师的声音唤醒了发烧的昂，昂还是坚持舞下去，在她的舞蹈中，大地上的沉重感让所有的观众心动，Liz 流着泪为昂鼓掌……

对音乐的感触决定舞蹈的表现力！真谛在你心中！

舞吧，董梅子。

又及：董梅子，告诉你一个秘密，蜜蜂天生就是个舞蹈家，它们听不到自己的声音，所以它们的触觉特别敏锐，它们的舞蹈是世界上最甜美的舞蹈，可是人们只知道蜂蜜，还没有人欣赏到蜂舞，请你仔细观察一下蜜蜂，请你为蜜蜂创作一个舞蹈，就叫《蜜蜂之舞》。

我会为蜜蜂创作一个童话，下次寄给你。

史壹可

2014. 3. 4 雪日

30 | 谁动了西西弗的石头？

寒假，在科大的训练场，跑在最前面的李延杰还在浙江理工大学读大二，后面紧紧追随的兄弟排里有薛桐、陈禹豪、谷阳旭、金则言、张富铂、惠东、杨志斌、宗杨、冷浩、王玉溪、刘乐、王洋、周正杰、盛康俊、闫一航、郭岸汀、张成良、于金博、王硕、许新宇……

已经自立门户的老大庞浩、老二赵勇、老三李威、老四贾锦涛……在四面八方关注着弟弟妹妹……

他们的老爸柏剑常对孩子们说：你想成为什么人，是你自己的事情；你到底能成为什么人，取决于你想成为什么人；如果你什么都不敢想，你就注定什么也不是。

从奔跑开始，从追逐太阳开始……

孩子们：

你们好，请允许我最后一次这样称呼，如此你们可以清楚地知道你们是从一个个孩子成长为绅士的，因为在任何时候，我们都要保持赤子之心的初衷。

你们站成一排的时候，让我觉得你们身后有千军万马。我可以十分肯定地告诉大家：你们可以成为你们希望成为的任何人！你可以成为一名军人、一个警察、一位老师，也可以成为世界冠军，或者成为一个教练一个歌唱家，只要你愿意，什么都可以！

世界上真正自我实现的人，仅占全球人口的2—3%，因为大部分人没有去自我实现，连想也没想过。我们每个人都有自己的天赋和梦想，每个人都是独一无二的，走出自己的一条路，是我们每个人要挑战的。

我们中间一直都有那样的人，他们可以用不同的思维看世界。那些用独特眼光看世界的人最终改变了世界。

被诸神惩罚的西西弗不断地把巨石滚上山顶，而石头因为自身的重量又会滚下山，西西弗只能朝着更低的地方滚下去，在那里，他不得不把它重新滚上山顶……千百次地重复一个动作：搬动巨石，西西弗是个荒谬的英雄，他把自己的整个身心致力于一种没有效果的事业。

"西西弗的神话"被流传到所有的山上，西西弗的石头究竟怎么样啦？没有人去追问，更多的人忙碌于生计忙碌于交际忙碌于发财和享乐，当然有例外，一个叫葛瑞格·摩顿森的美国人却花了十多年时间忙着兑现一个承诺，与石头有关。

葛瑞格·摩顿森，登山爱好者。1957年出生于美国明尼苏达州，早年随支援非洲的父母生活于坦桑尼亚。1993年，摩顿森攀登世界第二高峰乔戈里峰发生意外，在巴基斯坦尔蒂人的全力营救下死里逃生，获救后，摩顿森被巴尔蒂人的淳朴民风和极端贫困深深震撼，遂立下"一定要为村庄建立学校"的宏愿。摩顿森，他在黑暗中看见了星辰，他想把整个星空送给我们。他攀登的每一座山上遇到的每一块石头对摩顿森来说都是一个学校的基石，让石头变成学校才使他感到充实和富足。

喀喇昆仑、巴托罗冰川、乔戈里峰、帕米尔高原……我们在地图上看到的只是一个地名，摩顿森却千山万水地一次次跋涉：路尽头的人们、吉尔吉斯可汗的印章、法尔扎纳的课桌、萨夫拉兹的承诺、在拉瓦尔品第的屋顶上、艰难的回家路、和塔利班喝茶……他见证了巴基斯坦偏远地区不为人知的善良与贫乏，建造更多的学校，让孩子们的人生，可以有更多选择，摩顿森举起了西西弗所没有举起的石头……

他曾经冒险、曾经浪费时间、曾经潦倒过，甚至被欺骗被塔利班部队绑架，帮助他的人除了大众，更有手段残酷但还有善良一面的军阀……

他并没有把握一定能实现自己的诺言。一开始他试图写信给五百八十位名人、商人和其他美国精英人士筹集钱款，结果只收到一百美元。他只得变卖自己钟爱的登山设备和汽车，才又筹得两千美元。但是，当威斯康星州福尔斯河小学的一批学生捐赠给了他总共六百二十三美元的分币时，给了摩顿森莫大的鼓舞，此事终于引起了社会的关注。

摩顿森的工作是用铅笔取代枪炮，用阅读取代叫嚣，他凭借着对第三世界国家的丰富知识，用书籍对抗恐怖主义，最终成功地把教育和希望带到了中亚的荒僻村庄里。

他创办的援助组织"中亚"（Central Asia Institute）迄今已经建成了九十余所学校，为三万四千名儿童提供了受教育的机会，其中包括两万四千名女孩。

让世界和平靠的不是战争，而应该是教育。没有好的教育，没有让人们去明白这个世界，去理解这个世界，世界总是会不平静的。

摩顿森在行动！

摩顿森坚信：石头不是武器，石头必须变成学校！

即便你不相信这个故事，也请你一定相信：非凡的梦想改变平凡的人生。

如果我是谁并不重要，害怕什么并不重要，那你看到的彩虹指定不是雨后的天空。

新天新地是需要创造的。

未来永远不会结束，梦想永远都不过时。

"兄弟排"排好队，奔跑吧！

史壹可

2014. 3. 24

Dad's Marathon

爸爸的马拉松

中国好爸爸——柏剑

史喜可 著

图书在版编目（CIP）数据

爸爸的马拉松 / 史壹可著. -- 北京：作家出版社，2017.7

ISBN 978-7-5063-9288-4

Ⅰ.①爸… Ⅱ.①史… Ⅲ.①纪实文学 – 中国 – 当代 Ⅳ.①I25

中国版本图书馆CIP数据核字（2017）第000575号

爸爸的马拉松

作　　者：史壹可
责任编辑：郑建华　李　雯
装帧设计：刘　冬
出版发行：作家出版社
社　　址：北京农展馆南里10号　　　邮　　编：100125
电话传真：86-10-65930756（出版发行部）
　　　　　86-10-65004079（总编室）
　　　　　86-10-65015116（邮购部）
E-mail:zuojia@zuojia.net.cn
http://www.haozuojia.com（作家在线）
印　　刷：北京尚唐印刷包装有限公司
成品尺寸：152×230
字　　数：295千
印　　张：21.25
印　　数：001-10000
版　　次：2017年7月第1版
印　　次：2017年7月第1次印刷
ISBN 978-7-5063-9288-4
定　　价：58.00元

作家版图书，版权所有，侵权必究。
作家版图书，印装错误可随时退换。

作家出版社隆重推出尹建莉老师主编的
《一周一首古诗词》（1—6年级）

适合学前孩子、小学生，也适合中学生

本书特点：

一　由著名教育专家尹建莉老师主编

二　有尹老师指导背诵古诗词的最新文章

三　紧贴当下最新课程标准

1. 精选了适合孩子背诵的300首古诗词

2. 含小学的全部和初中的大部分古诗词

3. 按年级分为6册，每册50首，每周一首

4. 各册都包含了本册对应教材里的古诗词

四　优秀教师和教研员编写，按记忆规律设计了"背诵提醒表"

五　有彩色插图，有注释、诗词大意、阅读延伸，便于理解

六　还设计了"口袋书"，方便日常携带